共和国故事

经济硕果

——中原油田开发与建设

郑明武 编写

吉林出版集团股份有限公司

图书在版编目（CIP）数据

经济硕果：中原油田开发与建设/郑明武编. —

长春：吉林出版集团股份有限公司，2009.12

（共和国故事）

ISBN 978-7-5463-1885-1

Ⅰ．①经… Ⅱ．①郑… Ⅲ．①纪实文学 – 中国 – 当代 Ⅳ．①I25

中国版本图书馆 CIP 数据核字（2009）第 237686 号

经济硕果——中原油田开发与建设

JINGJI SHUOGUO　　ZHONGYUAN YOUTIAN KAIFA YU JIANSHE

编写　郑明武

责任编辑　祖航　李娇　关锡汉

出版发行　吉林出版集团股份有限公司

印刷　三河市嵩川印刷有限公司

版次　2010 年 1 月第 1 版　　　2022 年 1 月第 8 次印刷

开本　710mm×1000mm　1/16　　印张　8　字数　69 千

书号　ISBN 978-7-5463-1885-1　　定价　29.80 元

社址　吉林省长春市福祉大路 5788 号

电话　0431 – 81629968

电子邮箱　tuzi8818@126.com

版权所有　翻印必究

如有印装质量问题，请寄本社退换

前　言

　　自 1949 年 10 月 1 日中华人民共和国成立至今,新中国已走过了 60 年的风雨历程。历史是一面镜子,我们可以从多视角、多侧面对其进行解读。然而有一点是可以肯定的,那就是,半个多世纪以来,在中国共产党的领导下,中国的政治、经济、军事、外交、文化、教育、科技、社会、民生等领域,都发生了深刻的变化,中国人民站起来了,中华民族已屹立于世界民族之林。

　　60 年是短暂的,但这 60 年带给中国的却是极不平凡的。60 年的神州大地经历了沧桑巨变。从开国大典到 60 年国庆盛典,从经济战线上的三大战役到经济总量居世界第三位,从对农业、手工业、资本主义工商业的三大改造到社会主义市场经济体制的基本确立,从宜将剩勇追穷寇到建立了强大的国防军,从废除一切不平等条约到独立自主的和平外交政策,从"双百"方针到体制改革后的文化事业欣欣向荣,从扫除文盲到实施科教兴国战略建设新型国家,从翻身解放到实现小康社会,凡此种种,中国人民在每个领域无不留下发展的足迹,写就不朽的诗篇。

　　60 年的时间在历史的长河中可谓沧海一粟。其间究竟发生了些什么,怎样发生的,过程怎样,结果如何,却非人人都清楚知道的。对此,亲身经历者或可鲜活如昨,但对后来者来说却可能只是一个概念,对某段历史的记忆影像或不存在,或是模糊的。基于此,为了让年轻人,特别是青少年永远铭记共和国这段不朽的历史,我们推出了这套《共和国故事》。

《共和国故事》虽为故事,但却与戏说无关,我们不过是想借助通俗、富于感染力的文字记录这段历史。在丛书的谋篇布局上,我们尽量选取各个时代具有代表性或深具普遍意义的若干事件加以叙述,使其能反映共和国发展的全景和脉络。为了使题目的设置不至于因大而空,我们着眼于每一重大历史事件的缘起、过程、结局、时间、地点、人物等,抓住点滴和些许小事,力求通透。

历史是复杂的,事态的发展因素也是多方面的。由于叙述者的视角、文化构成不同,对事件的认知或有不足,但这不会影响我们对整个历史事件的判断和思考,至于它能否清晰地表达出我们编辑这套书的本意,那只能交给读者去评判了。

这套丛书可谓是一部书写红色记忆的读物,它对于了解共和国的历史、中国共产党的英明领导和中国人民的伟大实践都是不可或缺的。同时,这套丛书又是一套普及性读物,既针对重点阅读人群,也适宜在全民中推广。相信它必将在我国开展的全民阅读活动中发挥大的作用,成为装备中小学图书馆、农家书屋、社区书屋、机关及企事业单位职工图书室、连队图书室等的重点选择对象。

编　者

2010 年 1 月

一、 发现油龙

● 胡振民给大家鼓劲："感冒算个啥，再跑几天就好了，咱们还是抓紧时间去第二指挥部吧。"

● 杜志福最后说："今天请大家先听一下情况，具体下一步如何干，随后我们再研究。"

● 高夕月大声对职工们说："大家要争分夺秒，做好开钻前的准备工作，争取早开钻，争取打出油来，用实际行动感谢老区人民的支持和帮助。"

地质调研组充满希望的论证

1974 年 12 月，西伯利亚的一股寒流袭来，中原地区进入真正的冬季，黄河两岸的平原上出现了霜冻。中原大地的人们减少了出行，他们已经开始"躲冬"了。

此时，在河南石油勘探指挥部里，指挥杜志福正在组织召开南阳外围勘探地质分析会。

指挥部领导和地质师们，对着挂在墙上的勘探形势图，在热烈地讨论着，分析着。

会议室里虽然没有通暖气，也没有点火炉，但是没有一点寒意。大家找油心切的热情，驱除了寒冷。地质分析会一直开到深夜。

为了让北上濮阳勘探的决策有更可靠的依据，杜志福同指挥部领导们研究决定，成立地质调研组，前往河南省地质局、石油物探局第二指挥部、地质部新乡地质勘探大队进行调研。

地质调研组由副指挥胡振民和地质人员朱水安、王点玉、赵绍奎 4 人组成。

其实，早在 20 世纪 50 年代，对中原地区的找油工作就已经开始了。

1954 年，我国著名地质学家李四光、黄汲清就预言过，华北平原是勘探石油有远景的地区。中原油田的早期勘探，就是华北区域石油普查中的一部分，也是华北最早开展石油勘探的地区。

1955年，地质部、石油工业部，开始在中原地区进行地质调查，先后运用重力、磁力、电法等物理方法开展了地质普查。

从1955年到1964年，勘探人员用了10年时间，对中原广大地区进行了地质普查和初探，获取了大量有价值的资料，初步掌握了中原地区区域地质构造特征，提出了开封凹陷有生油可能的理论，并证实了济源盆地有油气生成运移过程。

从1969年开始，胜利油田为寻找后备资源，西进中原，先后组织了12个勘探专业队伍，分别在山东东明、河南开封、兰考等地区开展地震连片测量和钻探工作，发现了东明和梁占构造，证实了该地区的地下沙河街组有过油气生成和运移过程，这为下一步的勘探提供了重要依据。

1973年冬，为了提高地震资料的质量，石油部物探局第二指挥部上了两个磁带地震队，在东明集和长垣地区进行了多次覆盖试验工作。

地质调研组成立后，胡振民、朱水安、王点玉、赵绍奎等4人，迎着阵阵寒风，驱车前往郑州、开封、新乡进行地质调查。

胡振民等人坐在吉普车上一路颠簸，寒风灌进车里，异常寒冷。等到了郑州，除身体健壮的胡振民外，其他3

人都感冒了。

为了不耽误调研，胡振民等人在河南省地质局看完地质资料，到门诊部要了药，又驱车过黄河，来到地质部新乡地质勘探大队，查阅这个勘探大队提供的濮阳地区地震处理剖面资料。

几天的奔波，再加上感冒，大家都很疲惫。本来到了新乡，可以休息两天，但是，胡振民给大家鼓劲："感冒算个啥，再跑几天就好了，咱们还是抓紧时间去第二指挥部吧。"

就这样，吉普车从新乡出发，向南驶去。

车离黄河北岸还有一公里路程，前面出现堵车，胡振民和调研组同志坐在车上焦急不安，但谁也没有办法。

当时的黄河中下游，只有洛阳有黄河公路桥。郑州到新乡过黄河是利用一座旧铁路桥改造的公路桥，桥面窄，只能单行车，车过黄河，一等半天是常事。

此时，胡振民、王点玉、赵绍奎、朱水安抓紧过黄河的停歇时间，又研究分析起从郑州和新乡获取的地质资料。

当车到开封时，已是下午，第二指挥部的指挥张福成、主任地质师吴奇之、主任工程师何振香已在开封等调研组几个小时了。

石油人见石油人分外热情，当晚，第二指挥部的地质专家就给调研组介绍了已经解释出来的濮阳凹陷地震勘探资料，并分析对地震勘探结果的认识。

第二指挥部主任地质师吴奇之，对进濮阳凹陷勘探充满信心，他认真地向调研组深入浅出地阐述了他对濮阳凹陷生油层的认识。

听了专家的论证，调研组王点玉这位西北大学地质系毕业的地质专家表现得十分振奋。

第二指挥部专家的谈话一结束，王点玉就急不可待站在地质资料解释区前，一手指着濮阳凹陷剖面上东西两个凹陷中间的一条隆起带，冷静地分析道："再仔细看看，这是不是像大庆长垣构造的模样。"

随着王点玉指的方位，指挥部和调研组的专家一边看一边分析。

听到专家的议论和王点玉的分析，胡振民这位没有上过大学的石油人，凭着20年搞石油的实践，也摸出了石油地质的门道，他操着一口陕西话说："对着呢，对着呢。"

夜已经很深了，调研组和第二指挥部的地质专家们还在议论着，大家没有丝毫睡意。

地质专家王点玉向第二指挥部提出建议："应再集中几个地震队，利用冬季农闲时间，再到濮阳探区进行地震勘探，把濮阳凹陷中央隆起带上的文留构造拿下来，然后在高点上确定井位，明年二季度再由河南石油勘探指挥部上钻机。"

王点玉的建议得到大家的一致赞同。

最后，在调研组离开第二指挥部前，胡振民将指挥部的领导邀请到一起，认真地建议说："我们回去就给河南石油勘探指挥部汇报，你们可按我们王点玉地质师的建议，先着手准备地震勘探的前期工作。同志们，这里可是大有希望啊！"

听到建议后，吴奇之紧握胡振民的手，请他向杜志福指挥转告："濮阳有油的希望很大，要想方设法，争取早一点上马。"

调研组历时10天，行程1000多公里，满载而归。

在此次调研中，王点玉等专家对濮阳凹陷的论证为即将展开的中原油田勘探提供了理论依据。

有了地质调研组充满希望的论断后，中原地区的勘探之战很快就打响了。

石化部批准勘探方案

1974 年 12 月 30 日晚，当新年的钟声即将敲响的时候，河南石油勘探指挥部召开了专题会议，听取调研归来的王点玉、朱水安的调研汇报。

此时，杜志福穿着一身洗得发白的中山服，显得格外精神。他是今天会议的主持人，在简要说明这次会议的中心议题后，他请王点玉、朱水安分别汇报濮阳凹陷地质勘探资料情况。

在听取汇报过程中，杜志福很少插话，他一边认真听，一边不停地做记录。

汇报会开到深夜。作为指挥，杜志福并没有对会议进行总结，他最后说："今天先请大家先听一下情况，具体下一步如何干，随后我们再研究。"

新的一年开始了。当 1975 年的新年钟声刚一敲过，在河南石油勘探指挥部会议室里，地质分析座谈会又开始了。

应邀参加此次座谈会的有第二指挥部、石油勘探开发研究院、地质部新乡石油勘探大队、江汉油田地质研究单位的地质专家。

会议由胡振民主持。

会议开始后，王点玉首先讲了濮阳凹陷的地质情况。

此后，地质专家们各抒己见，充分发表意见。

经过专家们的热烈讨论，大会最后决定：

> 濮阳凹陷地震资料显示，该构造含油气情
> 况很好，有上钻机勘探的必要。

地质分析座谈会一结束，指挥杜志福吩咐朱水安，尽快向石油化学工业部汇报。

于是，朱水安连忙用电话，激动地向石化部石油勘探开发组汇报：

> 根据地质人员的一致意见，濮阳凹陷找油
> 的希望很大，我们河南石油勘探指挥部准备上
> 钻机。

接到河南方面的汇报后，石化部石油勘探开发组没有当即表态，慎重起见，他们同意河南方面先派人到石化部当面汇报。

5月，河南石油勘探指挥乔二虎、朱水安、王点玉、赵绍奎和第二指挥部主任地质师吴奇之来到北京。

在位于德外大街六铺炕的石化部办公大楼会议室里，石油勘探开发组翟光明和石油地质专家们，详细听取了河南石油勘探指挥部计划上濮阳勘探的汇报。

接着，石化部副部长唐克又一次听取了汇报，并对

王点玉、吴奇之等人的汇报表示赞同。

对这次汇报，石化部非常重视，为此还专门发了纪要，确定了濮阳凹陷勘探方案：

> 部署打 10 口井，形成一个十字剖面。先打出 3 口井，第一口井力争在当年 7 月份开钻。

石化部同意展开濮阳勘探的消息，给予了河南石油勘探指挥部以极大的鼓励。

当王点玉等人回到南阳后，杜志福和指挥部的领导立即展开了专门会议，讨论对濮阳的勘探问题。

为了确保北上勘探取得成功，必须抽调设备良好、职工素质高的钻井队。为此，杜志福和其他领导协商后，决定抽调 3282 钻井队担负此任务。

同时，杜志福还决定，由副指挥乔二虎和地质师王点玉组成前线指挥部，立即赶赴濮阳，做好正式开钻前的各项准备。

寂静的中原地区，又将掀起一场勘探风云。

勘探发现濮参一井

1975年7月，中原大地，骄阳似火。

这天天还没亮，3282钻井队队长高夕月、指导员姚洪彬就早早起床，把全队87人集合起来，进行出发前的动员。

在动员时，高夕月向大家重申了这次北上濮阳勘探的重要意义，要求司机们振奋精神，既安全又快速地向濮阳进发，五百多公里路程，要保证当天到达。

于是，很快一支满载钻井设备的车队从南阳向濮阳急驰而来。

坐在车上的高夕月、姚洪彬和其他工人此刻都非常激动，想到他们又要开辟新的战场，个个精神抖擞。临近傍晚，这支车队终于到达了目的地。

晚上，天下起蒙蒙细雨，燥热的天气稍见凉爽。尽管经过一天的长途跋涉，大家已经很累了，但是，许多人却没有睡意。想到第二天他们要开赴濮参一井井场，大家在说着笑着，盼望着这口新探井能在中原大地开辟一个新的夺油战场。

此时，姚洪彬、高夕月更没有睡意，他们召集全队干部和班长们开会，研究部署钻井队第二天进井场的准备工作。

第二天天刚亮，87名钻井工人就齐刷刷地站在高夕月、姚洪彬的面前，等候着两位指挥员下达出发的命令。

与此同时，20辆满载设备和工人的汽车一字摆开，从濮阳县城出发，向井场开来。县城里的人们和沿途村民听到消息后，都带着惊喜的心情，站在公路两旁，目送着车队向东疾驶而去。

钻井队到达井场后，如同当年的八路军开到抗日前线时的情景一样，当地的村民抬来了一担担开水，送来了一筐筐馒头。

此情此景，使钻井队干部工人深受感动。高夕月大声对职工们说："大家要争分夺秒，做好开钻前的准备工作，争取早开钻，争取打出油来，用实际行动感谢老区人民的支持和帮助。"

一周后，前线副指挥胡振民和地质师赵绍奎来到井场，代表杜志福指挥慰问职工。在井场期间，他们详细地检查了开钻前的各项准备工作，并对开钻的时间做了安排。

7月25日，濮参一井开钻了。

大红彩带随着转盘飞速地旋转起来，当班司钻、工人在各自的岗位上认真操作。

高夕月、姚洪彬和工人们站在平台上、井架下，为这口具有历史意义的石油探井开钻而鼓掌喝彩。

经过大家的共同努力，濮参一井安全平稳地打到1000多米，进入流沙层。

一天，井场上还像往日那样机声隆隆，井然有序，工人们都在埋头工作。这时，指挥杜志福来到井场。这是杜志福专程来 3282 钻井队慰问的，并给工人们送来了肉罐头等生活用品。

指导员、队长立即召集全队职工在井场开会，请杜志福指挥给大家讲话。

看到职工们一个个晒得黑红的面孔，杜志福既高兴又感动。他大声对职工们说：

同志们好好干，你们队打出油来，一定给你们队向石化部请功，那时，你们中的每一个人都将是功臣，打的这口井，就是功臣井！

顿时，井场上响起一片掌声、欢呼声。

"请指挥部领导放心，我们一定好好打。"队长高夕月高声对杜志福说。

在杜志福的鼓励下，钻井队队员的劳动激情更高涨了，就这样，钻杆一根接一根，钻头不断向深层冲刺。

到 9 月初，濮参一井已钻到 2594 米井深，细心的技术员孙进贤发现，从井筒出来的泥浆中出现油斑、油砂，这些都是原油的象征。

这喜人的消息，使全队职工受到鼓舞。姚洪彬、高夕月、副队长罗再友等队干部立即召开碰头会，商议向指挥部上报这一新情况。

然而，钻机还像平日那样正常运转，井口没有发现让人兴奋的东西，正当大家显得有些失望的时候，井喷开始了。

　　9月7日，濮参一井钻至2607米，突然，一股油气流夹着泥沙从井筒冲出，直冲到钻机天车上，井场上不断发出震耳欲聋的呼啸声。

　　井喷发生了！高夕月、姚洪彬迅速组织全队职工投入战斗。

　　井喷震惊四野，周围的村民闻讯而来，探井所在的乡政府干部也迅速带领20多名民兵赶到井场，帮助维持秩序。

　　正在指挥部期盼濮参一井出油的杜志福，听到井喷的消息，又惊又喜。他当即决定，派副指挥胡振民火速赶往濮阳，组织抢险，制服井喷。

　　井喷的消息也震动了北京，石化部立即电告离中原油田不远的胜利油田指挥部：

增援3282钻井队，制服井喷！

　　接到命令后，胜利油田迅速派出的4辆水泥车，满载重晶石粉的运输车，经过一天一夜的不停疾驶，开到井场。

　　在制服井喷时，重晶石粉和黏土搅不开，姚洪彬像当年铁人王进喜一样，带头跳进泥浆池，挥动两臂，使出全身力气搅拌泥浆。泥浆中的烧碱烧伤了姚洪彬的脚、腿，他全然不顾。在他的带领下，很多人都加入搅拌泥浆的行列。

当时，队长高夕月的腿脚被烧伤，直淌黄水，又发高烧，被胡振民、乔二虎硬是拉进屋里强令休息。半夜，高夕月又跑到井场参加战斗。

在这场制服井喷战斗中，全队87名职工，除5名炊事员没有受伤，82名职工都在制服井喷中受伤，但没有一个人因伤退下阵休息，始终坚守在制服井喷最前沿。

石油工人制服井喷的行动，还得到了当地人民的大力支援。像当年支援八路军一样，濮阳县委和户部寨乡党委积极组织村民支援制服井喷战斗。

当时，压井需要黏土，胡振民向附近小高村求援，该村村支书立刻动员全村上千人和200辆地排车，向井场紧急拉土。

县委书记韩增茂、副书记钞进学亲临井喷现场，组织村民给井场推黏土，百余辆小推车在井场周围穿梭飞奔。

村干部组织村民，给井队职工送来肉、蔬菜、馒头慰问职工，井场上呈现出工农团结战井喷的生动场面。

在胜利油田和地方政府的全力支援下，井喷终于被制服了。

濮参一井的发现，给了石化部以极大鼓舞。于是，在石化部的支持下，一场勘探会战拉开了帷幕。

二、 艰苦勘探

- 姚福林挥舞着拳头，大声地说："东濮会战意义重大，任务艰巨，我们要高速度、高质量、高水平地打好这一仗。"

- 柏玉胜说："从这口井取出的岩心很致密的情况来看，酸化剂量小可能不起作用。"

- 李晔风趣地对地质师说："梦里挑灯看图，梦醒鼓角连天，请地质家指点江山。"

召开会战誓师大会

1975 年 10 月 8 日，金秋的北京，凉爽宜人。

此时，带着发现濮参一井的好消息，杜志福和河南石油勘探指挥部部分领导来到北京，向石化部领导汇报濮参一井的各种情况。

石化部领导听完汇报后，经过反复研究，最后正式决定：

> 由胜利油田、河南石油勘探指挥部、物探局第二指挥部联合成立东濮石油勘探会战领导小组，进行石油勘探会战。

同时，根据勘探地处山东省东明、河南省濮阳及东参一井、濮参一井地质情况，石化部决定，把原东明凹陷和濮阳构造带正式定名为东濮凹陷。

从地面上看，东濮凹陷北起山东省莘县，南到河南省兰考县，呈东北—西南走向，其北部较窄，约 14 公里至 16 公里，南部较宽，约 65 公里，南北长约 140 公里。

同时，该凹陷横跨黄河两岸，面积约 5300 平方公里，从地质图上看，恰似一把"琵琶"，中原油田"金琵琶"也便由此而得名。

石化部组织会战的命令下达后，各参战队伍积极为参加会战做好了各项准备。

特别是胜利油田，该油田接到东濮石油勘探会战的任务后，立即组织队伍，抓紧会战的准备工作。

10月22日，东濮会战誓师大会在胜利油田总部基地隆重召开。

大会由胜利油田副指挥姚福林主持。

大会现场气氛异常热烈，会场上彩旗飘扬，锣鼓喧天，参加首批东濮会战的32141钻井队、32527钻井队等4个钻井队职工斗志昂扬步入会场。

大会开始后，参加大会的一千多名职工和机关干部精神振奋，《我为祖国献石油》的歌声唱了一遍又一遍，不断把会场的气氛推向高潮。

在会上，姚福林做了动员讲话。他挥舞着拳头，大声地说：

东濮会战意义重大，任务艰巨，我们要高速度、高质量、高水平地打好这一仗。

接着，由胜利油田领导向4个钻井队授队旗。

当4个钻井队指导员接过鲜红的队旗时，会场上再次响起热烈的掌声。

然后，参战职工代表，32141钻井队指导员张会欣代表参战职工表态：

我们首批参加东濮会战的职工不怕困难，不讲条件，决心和河南石油勘探指挥部的同志合作好，发扬团结协作、艰苦创业的精神，让东濮早日出油，为加快石油工业建设作出新贡献。

在誓师大会之前，4个钻井队就已经将钻机设备和生活用品准备好，装车待发。

誓师大会开完后，各个钻井队在队长、指导员的带领下，星夜出发，奔赴东濮探区参加会战。

至此，东濮勘探会战全面开始了。

会战人员到达探区

1975 年 10 月 22 日晚上，在誓师大会结束之后，32141 钻井队在指导员张会欣带领下，星夜出发，奔向东联探区参加会战。

经过一夜疾驶，张会欣带领的 32141 钻井队，于第二天 7 时到达濮阳县南关。全队职工在这里吃罢早饭，继续前行，开赴位于濮阳县东 40 公里的文留乡。

已经在这里打前站探路的队长张俊荣顶着阵阵风沙，在旷野上等待钻井队的到来。

满载设备的 32141 钻井队车队陆续开到文留六井井位附近后，职工们不问吃、不问住，便立即动手卸车。

设备还没有卸完，已是繁星满天，北风刮来，冻得人浑身发抖。

终于卸完了后，深秋的夜晚更是寒气袭人，几个人拾柴点火拢在一起。就在火堆旁，职工们紧紧挤在一起，枕着砖头，盖着帆布，露天过夜。

队长张俊荣情不自禁地唱起当时很流行的电影《创业》插曲，于是，大家也跟着唱了起来。

就这样，32141 钻井队队员们用歌声驱散了寒意，迎来了黎明。

一位会写诗的井队青年小伙子，触景生情，写了一首诗：

　　　　　　　井场上烧一堆柴火，
　　　　　　　行李旁坐一帮小伙，
　　　　　　　老队长月下讲传统，
　　　　　　　新工人激情满心窝。
　　　　　　　盖天铺地算得了啥？
　　　　　　　搞会战要向铁人学！

　　和 32141 钻井队一样，其他钻井队也陆续赶到了会战的各自井场。

　　在钻井队陆续到达东濮探区的同时，领导会战的指挥们也陆续到达濮阳。

　　10 月 25 日，陆人杰、李允子从东营到达濮阳，与先期到达的傅积隆、胡振民会合。

　　当时，在濮阳县城北 3 公里处有一个叫子路坟的飞机场。此时的子路坟飞机场，只有早已被废弃的一条砖铺的简易跑道，是供喷洒农药用的小型飞机飞机场，一片空地，房无一间，杂草遍地。

　　于是，这里便成为东濮石油勘探会战的第一个指挥基地。

　　在傅积隆的主持下，他们席地而坐，开始研究起勘探会战的筹备工作。

　　在傅积隆等人的指挥下，从胜利油田开赴东濮会战的 4 个钻井队陆续开钻。

接着，其他会战领导小组成员也先后从胜利油田、河南石油勘探指挥部到达东濮会战前线。

11 月 1 日，为了加强东濮会战组织领导，石化部石油勘探开发组副组长程守礼到濮阳，代表石化部宣布东濮石油勘探会战领导小组成立。

新成立的会战领导小组，由傅积隆任组长，胡振民、叶大信任副组长，领导小组成员有李允子、陆人杰、曾锡科、陈永鹏。

领导小组成立后，傅积隆、胡振民和会战领导小组成员一边根据会战需要调集队伍，一边组织对新井的开钻。

很快，与石油勘探配套所需的地质队、电测站、管子站、运输大队、供应站陆续到达东濮会战前线。

人员的迅速到位，给会战的开展提供了重要保障。

新濮参一井成功喷油

1976 年 3 月 21 日，经过一个冬季的钻探，由 3282 钻井队钻探的新濮参一井，在钻至沙二段 2794 米设计井深时，顺利完钻。

接下来就是进行试油。

当时，由于濮参一井因井喷造成井壁塌陷，并已报废，新濮参一井就成为在东濮探区井下作业试油的第一口井，其成功与否非常重要。

派谁来负责这口井的试油，一直是指挥部领导思考的问题。

思虑再三，傅积隆电告胜利油田生产办公室，让油田井下技术作业处处长刘家祥，从胜利油田亲自带领作业队奔赴东濮探区，组织试油作业。

试油开始了，通井机在隆隆作响，一根根油管被接上放进井里。

井筒疏通完后，接着就是射孔。工艺设计选定在 2600 米井段的沙二段射孔试油。特制的炮弹穿透井壁，射进油层，但原油并没有喷射出来。

经过研究，刘家祥和技术人员决定采取酸化处理，因为这是改造油层的有效措施。

为了加快试油速度，井下作业处副处长巩新维来到试油作业工地，同技术员郭学新、柏玉胜等一起，研究制订试油方案。

当时，酸化解堵需要大量盐酸，而濮阳县当地没有生产盐酸的厂家。浓度为 30% 的盐酸只有济南市和聊城地区有生产厂家，一时又找不到专用酸罐。

于是，他们就用卡车拉上小瓷坛子到厂家去拉。一个坛子只能装 30 公斤盐酸，一卡车也只能拉四五十只坛子。但就是靠这种方法，盐酸问题终于解决了。

盐酸拉回到井场后，第一次酸化，6 立方米的稀释盐酸打进油层，试放仍不喷油。

困难并没有使郭学新、柏玉胜等人屈服，他们决定连夜攻关。

又是一个不眠之夜。已是午夜时分，巩新维把技术员郭学新、柏玉胜叫到自己住的活动板房里，和他们一起分析酸化不见效的原因。

巩新维看着大家，着急地说："这口井完钻后，在 2578 米到 2653 米井段取心 45 米，见到 13.9 米的油砂。射孔也正好在这个井段，按理说是出油的理想位置，采取抽吸又有工业油流，说明这口井有油是肯定的。"

当时，技术员郭学新、柏玉胜也为油喷不出来吃不好，睡不着。听着巩新维的分析，柏玉胜说："从这口井取出的岩心很致密来看，酸化剂量小可能不起作用。"

"问题可能就出在这里，"巩新维从床沿上站起来说，"加大一倍的用酸量，再试它一回。"

和技术员郭学新、柏玉胜深夜探讨试油作业失败的原因后，第二天天刚亮，巩新维又走到井口观察，井口仍没有喷油的迹象。

于是，巩新维把队干部、技术员召集在他的活动板房办公室里，给大家分析了几次试油作业失败的原因，并决定对新濮参一井实施大型酸化措施。

当天，巩新维和技术人员、工人一起，将这一措施付诸实施。

当 10 立方米盐酸液注入地层后，进行放喷。片刻，一股黑色原油从油嘴喷涌而出。

大型酸化成功了。

接着，巩新维等人把油嘴换大到 15 毫米，进行放喷测试，日产原油可达 105 立方米。

当时连日的劳累，使巩新维患了重感冒，但他谁也没有告诉，始终坚守在试油作业现场。

人的精神力量是巨大的，当一种信念占据主导作用时，精神力量往往能够战胜非精神力量。"一定要试油作业成功"是巩新维的精神支柱，当试油获得成功，这种精神支柱位居次要时，巩新维连走路的力气都没有了。

新濮参一井喷油后不久，新濮参一井喷油祝捷大会在井场隆重举行了。

胜利油田党委常委、副指挥张慎三，河南省石化厅领导徐乃林，安阳地委副书记盖良弼和濮阳县委书记韩增茂、副书记钞进学到会祝贺。

同时，范县、清丰县、内黄县领导，也应邀参加祝捷大会。

听闻消息，会战指挥部的一千多名参战职工，也兴高采烈地从四面八方来到会场。

在祝捷大会上，参加祝捷大会的省、地、县领导纷纷表示，要积极支援油田勘探，为在东濮探区拿下大油田作出贡献。

会战领导小组组长傅积隆，在大会上，想到广大技术人员和工人多日的辛苦奋战，百感交集，他满怀激情地说：

> 新濮参一井喷油，是东濮石油会战的第一声礼炮，是油田大发展的第一步，就像一本厚重的书，才翻读了第一页。

召开东濮会战誓师大会

1976 年 4 月，整个中原大地依然北风呼啸，寒气逼人。年初钻探的第一批探井成果并不如人意，一时间，阴影笼罩在人们心头。

4 月 22 日，为支援东濮会战，胜利油田党委决定，成立东濮石油勘探会战指挥部临时党委，傅积隆任党委书记，胡振民、陆人杰、陈永鹏任党委副书记，孙德身、郭振江、曾锡科、李允子任党委委员。

6 月，为进一步加强东濮会战的领导工作，胜利油田党委决定，由胜利油田党委副书记、副指挥李晔来东濮全面主持工作。

来到东濮后，李晔深深意识到，石油勘探必须从地质抓起。因此，为扭转勘探的被动局面，李晔、傅积隆和指挥部领导们对东濮地质资料进行全面分析研究后，正式提出重新调整勘探部署。

在李晔主持下，东濮会战指挥部首次地质技术座谈会隆重召开，会议一连开了 4 天。

在会上，胜利油田副指挥姚福林、油田地质研究院陈斯忠、刘兴才、主任地质师吴奇之、东濮地质队负责人张晋仁，分别对东濮各区块的地质状况进行分析研究。

这次地质技术"诸葛会"打开了人们的思路，为此，会战指挥部决定打一个"南北出击、中心开花"的勘探战役。

"南北出击"就是抽调一部分钻机,南跨黄河,到山东省菏泽地区菏泽、东明县勘探,北插河北省威县、山东省莘县钻探,撒开大网捉大鱼。

"中心开花"就是留一部分钻机在濮阳县文留一带钻探,争取有新的发现。

战局拉开后,李晔等指挥部领导和机关干部,奔波于河南、山东、河北三省广大钻探地区。

当时,每一口重点探井开钻前,指挥部领导都到钻井队召开誓师大会,职工代表上台表决心,领导送大红花,会战气氛非常热烈。

不久,"中心开花"取得突破性的胜利。3282 钻井队在文留构造上打的文四井发生强烈井喷。

接着,32141 钻井队打的文十井、文十二井试出高产工业油气流,从而成为东濮凹陷第一批可以投入工业生产的油气井。

此时,李晔、傅积隆等会战指挥部领导们看到,"中心开花"比"南北出击"的战果明显。

军人出身的李晔,熟知毛泽东"集中优势兵力打歼灭战"的战略战术。勘探的有利地区在哪里?李晔已经清楚地认识到,东濮凹陷中央隆起带是勘探的有利地区,那就必须集中优势兵力在中央隆起带进行详探。

在傅积隆主持下,第二次东濮凹陷地质分析会在指挥部基地一座简易会议室里召开了。

在听取地质专家的地质状况分析后，李晔作重点发言，他指出勘探的目标和重点探区，确定在中央隆起带上打文十二井、胡三井、卫二井等5口重点探井。

新的战略部署作出后，在李晔的大力支持下，勘探工作进行的步伐明显加快了。

在工作中，李晔作为党委书记，深深感到东濮会战说到底打的是地质仗，油田一切活动都是围绕着地质家的认识成果转动的。

因此，李晔等指挥部领导们，十分重视地质工作。为此，李晔几乎天天召集地质技术分析会，地质队队长张晋仁和地质技术人员经常是这些会上的座上宾。

地质技术分析会常常开到深夜，大家既累又饿，李晔就让食堂炊事员给每人做一碗面条，炒一盘辣子。吃完饭，大家意犹未尽，继续展开地质"论战"。

一次，李晔借用辛弃疾那首《破阵子》，风趣地对地质师说："梦里挑灯看图，梦醒鼓角连天，请地质家指点江山。"

当地质勘探遇到困难产生畏难情绪时，李晔就给大家加压说："如果我们找不到大油田，就跳到黄河里羞死。"

一时间，李晔的这句话成了东濮探区广大职工奋力拼搏的动力。

李晔的努力终于见到了收获。

1977 年 10 月 22 日，文二十三井胜利完钻，经电测解释，气层共 34 层，气层厚度 102 米，实现了会战指挥部提出的"打穿沙 4 段盐膏层，牵出气老虎"的目标。

当时，李晔和地质家们不仅对在东濮找油充满信心，而且对找气也满怀希望。

当文二十三井的测井资料解释出来后，李晔决定把这口井的气层也打开。

11 月 16 日，指挥部向电测站下达射孔命令，经过 87 个小时的连续作业，这口井的全部气层终于打开了。经测试，文二十三井获得日产 40 万立方米天然气。

文二十三井的钻探和射孔试气成功，开创了东濮探区找气的新领域。职工们形象地说，东濮勘探是抱了一对"双胞胎金娃娃"。

勘探成果愈来愈显示，东濮凹陷不仅是个探区，而且是个大油区。于是，李晔鼓励参战职工，发扬进取精神，树立进攻意识，百折不挠，开拓前进，在东濮干出一番大事业。

在此后的会战中，广大职工在李晔的带领下，开创了一个又一个辉煌。

康世恩视察东濮探区

1977年12月初，在石化部部长康世恩的办公室里，李晔把东濮勘探的形势向康部长做了详细汇报。

李晔从东濮的地质构造讲到东濮勘探的新发现，接着，他对康世恩说："在东濮搞到300万吨原油没有问题。"

听完李晔的汇报，作为石油工业的负责人，作为一名具有多年石油战线工作经验的康世恩，对李晔的话深信不疑。

最后，康世恩明确地对李晔说："你先回东濮，我随后就到。"

元旦快临近了，但在油田指挥机关，这个节日并不是休闲的时候。每逢这个节日，油田的领导们都要到生产第一线，和基层的工人们在一起欢度节日。

此时，从北京传来消息，康世恩在元旦前要来东濮探区视察。

这个消息使会战指挥部的领导们很兴奋。很明显，康世恩到东濮探区，是为东濮石油勘探开发进行决策而来的，也是为了给会战人员"打气"而来。

于是，李晔、傅积隆和东濮会战指挥部的指挥们一边焦急地等待着康世恩的到来，一边忙碌着准备给康世恩汇报东濮勘探进展情况。

1977 年 12 月 30 日晚，康世恩由华北油田到达东濮会战指挥部。此时，李晔和会战指挥部领导们早已在指挥部办公室外等候多时。

康世恩一下车，李晔等忙迎上去，热情地握住康世恩的手，激动地说："康部长，一路辛苦！"

康世恩满脸笑容地说："你们在会战第一线，应当是你们最辛苦！"

濮阳县委书记韩增茂、县委副书记钞进学也到指挥部迎候康世恩。看到会战指挥部接待条件太差，韩增茂等县领导就请康世恩到濮阳县委招待所去住，康世恩婉言谢绝。

康世恩对县委领导说："我还是和我们的石油职工住在一起好，也便于谈情况。"

1978 年元旦这天，东濮探区仍如往日一样，前线职工战斗在勘探生产第一线，一个个井场钻机轰鸣，在试油试气作业施工现场，更是一派繁忙景象。

康世恩在会战指挥部领导李晔、傅积隆、刘恩学等同志的陪同下，来到会战前线。

当时的东濮探区，没有一条柏油马路，从基地到前线的每个井场，全是土路。

到达探区后，康世恩不顾路途颠簸，从卫城到文南油区，凡是能出油出气的油气井，他都要亲自到井场去，亲眼观看油气放喷。

在文二十三井井场，康世恩走近采气井口，看到高大的采气设备，他观察仪表，详细地向试气工人询问了各种数据。

不一会，试气工人开始放喷，看到天然气从放喷口呼啸而出，康世恩高兴地说："东濮有油又有气，这在东部地区还是少有的。"

李晔对康世恩说："东濮四面都是煤田，东有兖州、淮南，南有平顶山，西有焦作、义马，北有邯郸、峰峰，东濮凹陷煤层埋藏深，这里的煤在高温高压下，变成气体，形成煤成气。"

康世恩兴奋地说："这就证明文二十三气井是煤成气，这是深层气。在这个地方找气的场面就大了。"

整个上午，康世恩一行从文二十三气井来到文十井、文十五井，每到一个井场，他都和试油队干部工人亲切交谈，询问试油情况，了解试油中遇到的问题。

康世恩在探区前线沿途遇到作业的钻井队、作业队，他都要上去同工人握手，向工人问好，这使职工们受到鼓舞。

1月2日下午，会战指挥部召开职工大会，欢迎并请康世恩讲话。

当时，指挥部没有礼堂，会场就设在管子站焊工房内。没有固定的桌椅，就临时从办公室搬来几张桌椅，而凳子则由职工们自带。

当康世恩在李晔、傅积隆等同志的陪同下，走进会场时，职工们都站了起来，长时间热烈鼓掌，欢迎康部长的到来。

大会开始了，康世恩对职工们说："东濮勘探会战已经取得了很大的成绩，我向你们在会战中取得的勘探成果表示祝贺！"

康世恩接着说："像东濮这样一千多平方公里的中央隆起带，全国很少见，很像大庆长垣，将来会出现大场面，非常宏伟。"

康世恩鼓励职工们："像这样的地方，上去 50 台钻机，勘探是不会落空的，10 年也勘探不完，要下决心干。"康世恩的讲话，使在场的干部工人受到极大鼓舞。

讲话结束后，会场再一次响起雷鸣般的掌声。

康世恩的视察，给东濮探区投入更大的力量进行勘探开发定了基调，作了决策。这为东濮会战的成功提供了有力的支撑。

运输队完成搬迁任务

1978 年初，胜利油田指挥部根据康世恩的指示，决定将临盘钻井指挥部 20 台钻机和全部人员、装备，整体调东濮参加会战。

不久，胜利油田指挥部又决定，将胜利油田油建二部的一半人员和装备调往东濮，进行地面工程建设，支援东濮石油开发会战。

于是，一场长途搬迁钻机设备的战斗开始了。负责指挥这次战斗的是军人出身的胜利油田运输指挥部副指挥张善喜。

当时，会战指挥部要求，用两个月的时间，快速将临盘指挥部的 20 台钻机设备搬迁到东濮探区。

张善喜是一位老石油工人，深知这是一项极其艰三的任务，但他没有向指挥部领导说一个难字。

张善喜出生于陕西省安康县，1950 年入伍后，在解放军十九军五十七师当战士。

1952 年随部队转业到石油战线后，在师长张复振领导下，担负原油东运的任务，曾有力地支援了国家的经济建设。

1962 年他和石油运输公司的部分石油师战士，来到胜利油田参加会战，一直战斗在油田运输第一线。

"石油师人不怕吃苦，就怕任务完成不好。"这是张善喜常对工人说的话。他是这样说的，在工作中，张善喜也是这样做的。

接受此次搬迁任务后，张善喜立即赶到临盘，先摸"家底"，然后再作周密部署。

此时，要搬迁的钻机没有一部闲置，都正在胜利油田的河口、孤岛、临盘油区进行钻探。

为了做到两个探区都不误，只能是在胜利油田完钻一口井，搬一部钻机到东濮探区。这样，常常就需要一部钻机要一次全部搬完，这无疑增加了搬迁难度。

在搬第一部钻机时，张善喜亲自到现场指挥。当看到司机长途行车很疲劳时，他就让司机稍事休息，由他和随车的工人看护着车辆和设备。

由于搬迁一次动用近百台车辆，随车人员增加，食堂送来的饭菜也不够吃，张善喜先让司机们先吃饱，自己饿着肚子。

一次，张善喜连续跟车一天一夜，一路上没有吃一口饭，车到东濮指挥部后，张善喜才抽出时间，到工人刘志顺家里吃了一碗面条。

东濮会战发展很快，运输任务迅速增加，原定的 20 台钻机搬迁任务，很快增加到近 40 台。

看到增加的工作量，张善喜还是二话没说，痛快地接受了任务。

为加快搬迁速度，张善喜和运输战线的职工实行长

艰苦勘探

途运输连轴转。他们创造了"日行夜返回"的运输新纪录，即将重载的运输车白天由临盘开到东濮探区，卸完车，当晚返回临盘再装设备。靠这种方式，张善喜带领搬迁队员果然加快了钻机长途搬迁速度。

这支运输车队，不仅有张善喜这个合格的带头人，还有13位称职的战士，他们是这支运输队的骨干，他们是陈义平、纪洪林、刘希尧、向长松、朱芳明、冯显忠、郑清玺、李定让、陈仲海、刘玉、马安喜、程友智、唐应忠。

这13个人和张善喜一样，都是为加快东濮石油勘探立下了汗马功劳。

一时间，这支运输车队被称为东濮探区的"钢铁运输队"。

在张善喜和他的"钢铁运输队"的奋力拼搏下，在不到两个月时间内，40台钻机陆续从胜利油田成功运抵东濮探区，从而大大加快了东濮勘探速度。

东濮会战报喜讯

1978 年春夏之间，随着大批钻机的到来，在东濮探区的钻井队之间，展开了你追我赶的竞赛。

被誉为"三战三捷"标杆队的 32141 钻井队，成为各钻井队追赶的目标。

于是，在广大的东濮探区，就出现了这样一幅幅生动的画面：

32673 钻井队向新井场搬迁，井距十多公里，路况复杂，一夜没搬完，又干了一整天，工人们两天两夜没有合眼。

32780 钻井队白天搬迁，晚上接着安装，到 24 时，发电机突然发生故障，井场一片漆黑，他们就利用汽车灯光来照明，发电机出故障一时排除不了，就自制柴油灯、嘎斯灯坚持作业；有的还借月光穿大绳、接水管线。

32760 钻井队在 21 时多固完井，连夜装井口，甩钻杆，拖设备搬迁。由于天黑，加上路况差，大平板车过不了井场，他们就用吊车吊，重车加上拖拉机助力牵引，连续苦战两天两夜，硬是将设备搬迁到新井场。

32780钻井队抢上新井，没有挖沟机，工人就用铁镐揭开半尺厚的冻土层，一天挖了两个泥浆池，许多职工手背冻出一条条血口子。一时水井打不上水，全队职工人抬肩扛，拆装了1200米水管线。等到柴油机发动起来又没有水，司机长带着机房的工人到附近村庄的水井里，挑了40多担水，担到伙房烧开后，又担到井上使用，使钻机提前开钻。

32319钻井队新井开钻，连续奋战65个小时，正快速钻井中，突然下起暴雨，悬吊3吨多重的游动滑车被刮向井架一侧，10个钻工搬不动，他们采用绳拉人推接单根，保证了钻机照常运转钻进。

就这样，在工人的奋力拼搏下，勘探形势急速发展，探井成功率在增加，同时，井喷也不断出现。

6月22日，文十二井发生强烈井喷，顿时，井场变成一片火海。

面对无情大火，职工们毫不畏惧，奋战了七天七夜，终于制服了井喷，保住了气井。

后来，这口井能日产天然气47万多立方米，这给了奋战七天七夜的工人以极大鼓舞。

东濮探区日益发展的勘探形势，使石油部和地质部领导十分关注。

从这年的 8 月到 10 月，先是石油部副部长张兆美来东濮检查指导工作。接着，老红军、原地质部副部长何长工亲临东濮探区视察。

11 月 28 日至 29 日，在李晔主持下，东濮石油会战指挥部召开四级干部会，会上提出"三、三、三"和"五、五、五"的奋斗目标，就是争取在近期拿到建 30 万吨合成氨厂、30 万吨乙烯厂、30 万吨原油产能所需的油气资源。同时，计划生产原油 50 万吨、粮食 25 万公斤，勘探上占领 5 大片，即在临清、清丰、文留、卫城、桥口展开勘探，探明更多的油气储量。

1978 年 12 月，党的十一届三中全会在北京胜利召开。此次会议做出了把党的工作重点转移到经济建设上来的重要举措。

在党的十一届三中全会精神鼓舞下，会战指挥部发动万名职工掀起增储上产的热潮。

为此，会战指挥部向探区发出誓言：

> 万众一心齐奋战，
> 决心大干 79 年，
> 拿到资源三、三、三，
> 凯歌高唱黄河边。

会战指挥部向探区广大职工发出的这一誓言，很快回响在黄河两岸的百里油区，激励着万名石油职工奋发大干。

广大职工为了争速度，抢时间，他们纷纷日夜奋战，一心扑在会战上。有的职工多次推迟婚期，有的带病上阵，有的顾不上探亲，整个会战工地到处是热气腾腾的劳动景象。

果然，勘探的喜讯很快由探区前线传到指挥部。

1979 年初，正在濮城构造上钻探的文三十五井，发现油砂，这一块油砂无疑传递着非常大的希望。后来，经过加紧完钻，文三十五井终于发现了工业油流。

此时，随着十一届三中全会精神在全国的传达，中国的历史翻开了新的一页，东濮的勘探会战也翻开了新的一页。

三、 会战高潮

● 宋振明说："我这次到东濮，就是落实你去年到东濮的决策，把那里的勘探开发搞得快一些。"

● 李晔对指挥部领导们说："部机关的这种雷厉风行解决问题的作风，是对我们的鞭策，我们要加快工作步伐，使勘探开发再上新台阶。"

● 梁邦民面对 1000 多名油建职工说："这项工程时间要求紧，工程量大，质量标准要求高，我们一定要争分夺秒，高速度、高质量、高水平地打好这一仗。"

石油部长到东濮办公

1979 年初，十一届三中全会的春风，吹绿了神州大地，整个华夏神州生机盎然。

此时，文三十五井等东濮石油勘探的喜讯，不断传到北京，传到石油部。宋振明部长同部党组成员在落实党的十一届三中全会精神，部署新一年全国的石油工作后，决定亲自到东濮看看。

临行前，宋振明又到国务院副总理康世恩办公室汇报，请康世恩对东濮石油勘探开发作指示。

见面后，康世恩和宋振明一起分析了东濮石油勘探的重要性。此时，他们已经看到，从地理位置和区域经济发展考虑，地处中原地区的东濮石油勘探，对于加快中原、华北、华东地区的经济发展具有至关重要的作用。

宋振明说："我这次到东濮，就是落实你去年到东濮的决策，把那里的勘探开发搞得快一些。"

"你要帮助他们解决一些问题，"康世恩点点头，高兴地说，"东濮这个地方，和其他油田不同，油井深，投资大，技术要求也高，还有一个是粮食产区，老百姓多，搞好工农关系也很重要。"

1979 年 3 月初，宋振明带领石油部机关司局长，来到东濮石油会战指挥部。

3月3日，在东濮会战指挥部一栋简易平房里，宋振明和石油部机关司局长们听取东濮石油会战指挥部汇报。汇报会由李晔主持。

汇报会开始后，李晔代表会战指挥部向宋部长和司局长们亲临东濮探区现场办公表示欢迎，并重申了宋部长一行这次现场办公的重要意义。

接着，东濮会战副指挥李允子汇报当前勘探形势。他高兴地说："会战指挥部已组织48台钻机，打探井54口，目前勘探的重点在中央隆起带上的文留、濮城，勘探形势发展很快。"

宋振明一边听汇报，一边做记录。当他听到李允子只讲勘探形势好的一面，很少讲出工作中存在的问题时，他明确地对李允子说："这次我们到东濮来，是现场办公解决你们勘探开发中存在和需要解决的问题，有什么问题，需要解决，你就讲出来。"

听到部长让讲问题，李允子便壮着胆子说："钻井在推广高压喷射技术，但高压打不上去。还有，打深井的装备，如防喷器不够用。还有，运输车辆、管子站的装备保证不了钻井前线的急需。"

宋振明把李允子汇报中提出的问题，一一写在记录本上。

接着，由副指挥陆人杰汇报油田开发和地面建设的规划和目前实施的情况。陆人杰汇报说："地面建设已在文中油区开始，胜利油田调来的1000多人油建队伍，现在坚持昼夜施工，按预定的目标，今年 7 月 1 日文留油田要投产。"

"要保证高质量、快速度，"宋振明兴奋地说："这次现场办公，钻井司、调度司、供应司、财务司都来了。为了加快东濮的勘探开发，要现场把存在的问题都搞清楚，需要解决的问题，就在这里现场拍板解决。"

当天下午，部机关各司局长分别到会战指挥部，对口了解情况，征求意见，发现和掌握勘探开发中需要解决的问题。

第二天，各司局与会战指挥部会合，回答需要拍板解决的问题。

当时，部机关这种深入基层、高效快速地解决问题的工作作风，使会战指挥部的指挥们受到鼓舞。

李晔对指挥部领导们说："部机关的这种雷厉风行解决问题的作风，是对我们的鞭策，我们要加快工作步伐，使勘探开发再上新台阶。"

3 月 5 日，宋振明和部机关司局长们，在李晔等指挥部领导的陪同下，分乘 5 辆北京吉普车，来到正在试油作业的文三十五井井场。

此时，经过加大排液诱喷压差处理后的文三十五井，已开始呈现间歇性喷油现象。

宋振明看到这种不能连续喷油的情况，十分关切。他在现场了解试油情况后，对站在通井机旁的巩新维说："老巩，你要负责好好地组织抽吸，我要看的不是一喷一停这个样子。我要看油流猛烈地自动喷出。"

宋振明对巩新维这位自己的老战友招招手说："现在我到前面的钻井队去，回过头来，我再来看你们。"

接着，宋振明和随行人员离开文三十五井，来到濮一井视察。他详细地了解这口井的各种钻井参数，同井队职工亲切交谈，鼓励他们要打好井，快打井，扩大濮城探区的勘探成果。

此时，宋振明仍不放心文三十五井这口重点探井的试油情况，他对李晔说："我们再到文三十五井去看看，这口井很关键，一定要设法让油连续喷发出来。"

一个小时后，当宋振明再次来到文三十五井时，这口井喷油已经"激活"。

原来，巩新维和职工们采取加大抽吸深度的工艺措施，先后从 1000 米加深到 1500 米，连续抽吸 10 多次，井下的原油便开始连续喷涌而出。

如同看到当年大庆松基三井喷油一样，宋振明看到东濮探区的文三十五井喷涌而出的滚滚原油，他兴奋不已。在原油放喷口旁，宋振明听着原油喷发的呼啸声，闻着原油那特有的香味，这位石油部长竟然在现场站了足足一个多小时。此刻，宋振明深情地看着连续喷涌而出的原油，正在筹划着要在东濮开发出一个大油田。

宋振明一行要离于文三十五井井场，巩新维握着宋振明的手久久不愿松开，还像当年在战场上一样，每当一个战役即将打响的时候，指挥员与战士握手总是深情的，是一种无言的心声，和一种慰勉。

握着巩新维那一双满是油泥的手，宋振明勉励巩新维："老巩啊，你们又给东濮抱了一个'金娃娃'，看来东濮是大有希望啊！"

当夜幕降临时，在李晔等陪同下，宋振明部长一行从井场返回指挥部。

当晚，由会战指挥部召开的庆功会在一座简易餐厅里举行。

庆功会开始后，宋振明部长立即站起来，向地质家们敬酒，他举起酒杯对李晔高声说："李晔啊，你不向尔的有功战士敬酒啊？"

听到部长爽朗的话语后，庆功会气氛立即活跃起来，大家频频举杯，庆贺文三十五井喜喷原油，庆贺东濮勘探的新战果。

兴奋之中，宋振明对李晔说："我这次给你们带来了一位指挥，配合你抓好东濮会战。"

李晔高兴地问："是谁呀？"

宋振明说："远在天涯，近在眼前，"他指着随行的行政司司长张鸿飞说，"就是这位。"

李晔高兴地说："好啊，我们欢迎！"

3月7日，宋振明和部机关司局长们来到了文一联建设工地。当时，在工地上，梁邦民、涂仁祥带领1000多油建职工正干得热火朝天。

宋振明到达后，梁邦民向宋振明汇报到：他们要比原计划提前一个月达到进油条件。

宋振明听了十分高兴，赞扬这支油建队伍是一支能打硬仗的队伍。他对指挥部领导说："你们要在地面建设中打出'三个第一'，即一流的工作，一流的质量，一流的水平。"

梁邦民对宋振明部长表示："我们一定遵照宋部长的指示，按一流的标准，搞好我们的每一项工作。"

宋振明这次在东濮探区的现场办公，不仅鼓起了石油职工增储上产的勇气和信心，而且确定了东濮发展的方针、步骤，敲定了要在东濮建成大油田的盘子。

同时，勘探开发中需要解决的资金、装备、队伍问题，也由现场办公会现场予以拍板解决。

因此，随着宋振明的到来，东濮勘探的步伐加快了。

辅助工程相继开工

1979 年初，胜利油田油建第二指挥部党委书记梁邦民已经坐不住了。

原来，东濮探区的产能建设马上要展开，胜利油田接到石油部的命令，点名让梁邦民带领 1400 名油建职工，参加东濮产能建设。

不久之后，年过半百的梁邦民，就组织 1000 多名油建职工，拉着 100 栋野营房和施工工具，从山东省北镇出发，浩浩荡荡地行进在通向濮阳的公路上。

当时，东濮副指挥陆人杰格外忙碌。指挥部分工由他负责地面工程建设，安排油建队伍和文一联合站施工。

梁邦民带领油建队伍到达东濮探区，在文一联合站工地搭起帐篷安营扎寨。一场大雪纷纷扬扬地下起来，工地一片雪白。

但工程不能耽误，梁邦民对工人说："油建早一天开工，油田就能早一天投产，我们要急油田所急，把开工时间往前赶。"

就这样，陆人杰和梁邦民、涂仁祥在冰天雪地里，同工人们一起做施工前的各项生产准备。

2 月 12 日，在礼炮和锣鼓声中，东濮第一个产能建设工程文一联合站正式开工。

在开工仪式上，梁邦民面对1000多名油建职工说："这项工程时间要求紧，工程量大，质量标准要求高，我们一定要争分夺秒，高速度、高质量、高水平地打好这一仗。"

紧张的施工开始了，一连数日，梁邦民和副指挥涂仁祥穿着工作服，不分白天黑夜地坚守在工地上，现场处理问题。

寒风把梁邦民的手冻裂了，眼睛熬红了，胃寒病也不时发作，但他全然不顾，一心扑在工程建设中。

尽管是数九寒天，可工地上却热火朝天，弧光闪烁，焊花飞溅。

当时，许多工人因连日劳累，常常干着干着，就趴在冰冷的大罐旁呼呼睡着了。

此时，梁邦民看了心疼，他害怕时间一长，工人们会累垮，就强迫工人休息，工人还是坚持要干，他就强行拉闸停电，让工人下班休息。

但是，梁邦民拉了闸，前脚走，后边有人就又重新把电闸合上继续干。

看到工人们为油田建设在拼命地干，不爱流泪的梁邦民，也被这种忘我的大干精神感动得落泪。他骑自行车到附近镇上买来酒，到工地亲手给工人们敬酒驱寒。

要搞产能建设，水电必须有保证。为此，会战指挥部决定成立水电厂，下设供电、变电、供水、通讯、机修等6个车间。

不久，从胜利油田水电指挥部调进东濮探区的100多名职工，很快由王志兴带队，赶到东濮会战指挥部。

此时，东濮指挥部依据王志兴多年搞水电的经历和经验，任命他为水电厂政治指导员，两位副厂长由李新升、吕克俭担任。

作为一名老石油工人，王志兴深知水电在油田开发建设中的重要性，他与两位副厂长密切配合，积极带领职工投入油田水电建设。

在东濮水电厂建设中，王志兴既当指挥员，又当战斗员。在工作中，他经常和工人一起铺设供水管道，架设供电线路。

王志兴还经常告诉水电工人："水电岗位必须有快速反应和处理能力，为油田建设当好先行官。"

王志兴是这样说的，更是这样做的。当时，在东濮会战水电建设中，哪里告急，他很快出现在哪里，现场处理解决问题。

在进行产能建设的同时，会战指挥部还关注其他配套设施的建设。

当东濮石油开发会战打响时，油区公路建设也成了当务之急。因为这时在濮阳县油区内，还没有一条公路。

油田投入开发建设，标志着这里的油田建设已进入工业化阶段。此时，公路建设成了油田开发建设的配套工程，必须尽早开工建设。

为此，陆人杰在濮阳县交通局宁成密局长配合下，亲自从东濮指挥部基地到文一联勘察，来确定公路的走向。

为了从发展油区经济出发，会战指挥部和地方政府勘定公路的走向，要做到既有利于油田建设，又有利于地方经济发展，方便城乡群众。

经过会战指挥部和地方政府的多次协商，一条被命名为东濮"一号公路"的线路被确定了，这条公路从基地经清河头、柳屯，向南过金堤河，进入文留油区，全长55公里。

随着胜利油田派出的3名筑路工程技术人员的到来，东濮建工指挥部也组建了起来，在陆人杰的直接指挥下，东濮一号公路全线动工。

为了支援公路建设，油田所在的县、乡政府发动组织沿路的村民组成筑路大军，男女老少一起上，投入筑路工程。

一时间，整个筑路工地上，牛车、马车、人力车成了拉土垫路的主要运输工具，整个工地呈现出一派热火朝天的会战景象，勤劳的濮阳人民把汗水洒在了油田建设工地上。

这时的副指挥陆人杰，成了会战指挥部最忙的指挥之一。为了加快一号公路建设，他每天都要到工地上去检查。在文留油田要投产的每口井、每个站，他都要亲自去勘察输油管线的走向，确定站址，还要取得地方政府的配合。为了工程，陆人杰很少照顾到自己的家庭，整个身心扑在油田勘探开发建设中。

当时，随着公路、水电建设的展开，油田地面建设的各项工作也陆续开始。

负责地面建设工程设计的，是胜利油田设计院副院长兼总工程师马振都。他们经过反复试验，成功地采用了油气集输新工艺，这样每个井口不再安装水套炉，输油干线没有加热炉和接转站，实行单管密闭、常温输送、二级布站。采用这种方法，既有利于油田管理，又节省投资。

马振都和设计人员在文留油田设计的这套工艺流程，创出了我国油田地面建设的新水平，大大加快了地面工程的进度。

在各条战线工人的共同努力下，在濮阳地方政府的大力支持下，油田地面工程相继建好，这为油田的开工投产提供了重要条件。

文留油田建成投产

1979 年 3 月 13 日，东濮会战指挥部在文三十五井现场召开濮城探区扩大勘探成果誓师大会。

党委副书记张慎三代表指挥部临时党委，下达了濮城会战战斗令。

参加誓师大会的 500 多名职工群情激昂。李晔在会上做了激动人心的动员，为此他向全体工人明确提出要求：

一炮打响，连战告捷。

此时，大家心里都清楚，这时的文留油区开发已在掌握之中，濮城探区的勘探已见端倪，再掀勘探热潮，东濮探区的勘探开发就会出现新局面。

面对这一喜人形势，全身心投入东濮勘探开发建设的李晔和指挥部领导们，要在这里建成大油田已是信心十足。在施工中，指挥部领导以身作则，为油田的顺利建成提供了重要保障。

不久前，和宋振明部长一起到东濮探区现场办公的石油部行政司司长张鸿飞，很快也被调到东濮石油会战指挥部任指挥，以加强东濮石油勘探开发会战。

　　担任东濮会战指挥部指挥后，张鸿飞精心部署指挥东濮勘探开发会战，在落实地质储量的同时，他还依据钻探、油田地面建设、试油能力，积极落实油田开发指标。

　　当时，钻井是油田勘探开发的重要手段，为此，张鸿飞狠抓钻井技术管理。在他组织下，副指挥李允子和副主任工程师杜晓瑞经过深入调研，先后起草了《深井钻井安全50条》、《钻井防喷措施40条》、《钻井井控措施50条》。

　　一时间，在张鸿飞的支持下，这些制度成为钻井队技术学习、技术培训和检查技术操作的基本规程。

　　在勘探施工过程中，高压喷射钻井技术，是被实践证明的一套先进技术，但推广起来并不容易。李允子和钻井技术人员一起研究，制订出一套推广应用高压喷射钻井技术的配套措施，对钻井队职工进行分批培训。

　　为搞好培训，李允子结合东濮钻井的特点，编写出一套教材，在指挥部机关和钻井队进行讲课。

　　每当机关讲授钻井技术课时，张鸿飞总是早早赶到教室听课。在讲课中，遇到疑难问题，一些人听不懂，他主动站起来，帮助李允子一道向提问的人作解答，直到听课的人明白为止。

　　为提高油田勘探开发技术水平，张鸿飞把职工技术培训作为大事来抓。

　　文留油田投产前，对联合站、计量站的所有上岗职工全面进行培训。为比，他责成技术部门，狠抓上岗人员的技术培训。从培训计划的制订、教材的选定、讲课，到培训后的考试，每一个环节，都狠抓落实，使采油工一上岗，就能做到规范操作，从而大大提高了油水井管理水平。

文留油田投入开发，供电成了关键。这时进入东濮油区的电网位于华北电网的末端，电量和电压难以确保油田建设的需要。

为解决东濮油区第一个油田开发后的电力供应，石油部和航空工业部合作，引进黎明公司飞机发电机，在文留油田建立发电站。

对此项工作，张鸿飞非常重视。他亲自抓电站建设，多次深入电站，同航空工业部的技术人员一起，研究飞机发电机实现军转民的技术应用，使这个电站在文留油田投产后，为确保油田正常供电发挥了重要作用。

在文留油田建设过程中，文一联是文留油田投产的重点工程。张鸿飞多次到工地抓质量抓进度，落实宋振明部长对文一联工程提出的"三个第一流"的要求。

一时间，创新纪录、争第一流，成为会战指挥部到各施工单位追求的共同目标。

在文留油田投产前，张鸿飞、陆人杰和会战指挥部专业技术部门，在文留油田逐井、逐站进行质量检查。

在检查中，他们发现在文十井的计量站输油管线上，有一处砂眼。

为此，负责油建施工的梁邦民、涂人祥立即组织职工对这条管线进行整改，并举一反三，对所有施工的井、站、管线进行自查自改。

到 6 月底，指挥部再次检查施工质量。经验收，建成的 93 个单项工程，施工合格率达到 100%，优良率达到 80%。

和指挥部领导一样，在文留油田施工过程中，建设工人的奋斗精神也非常感人。

1979 年初，会战指挥部下达了文中断块区"七一"投产的任务，中原油田开发会战的第一战役打响了。

刚刚组建的钻井指挥部迅速组织起 20 个钻井队，开进文中地区开展会战。

正值滴水成冰的隆冬季节，多年不遇的寒流，一次又一次地袭来，大雪纷飞，天寒地冻，恶劣的气候条件给会战带来了许多意想不到的困难。

面对困难，每一个钻井队都没有退缩。有一个井队为了抢上新井，尽快开钻，全队职工连续奋战 56 个小时，完成了老井下套管、固井、焊井口、试压、测声波等 5 道完井作业工序和甩钻具、拆设备搬迁、安装、开钻等新井钻前的 6 道工序。

就是靠这种顽强战斗的精神，钻井工人在 6 个月内共交井 54 口，为"七一"按时投产创造了条件。

1979 年 7 月 1 日，这一天是中国共产党成立 58 周年纪念日。按会战指挥部的预定目标，东濮探区的第一个油田文留油田正式投产。

这天上午，文留油田投产祝捷大会隆重举行。会场上彩旗迎风飘扬，歌声响成一片，一派热烈欢庆气氛。数百名职工也兴高采烈地来到文一联合站，怀着激动的心情，目睹这一激动人心的时刻。

东濮会战指挥部领导李晔、张鸿飞和会战指挥部的领导们更是格外兴奋，他们此时都换上节日的盛装，作为东道主来欢迎各方宾客，来见证这一伟大时刻。

与此同时，胜利油田党委书记焦万海和安阳地委、濮阳县委以及其他政府领导都纷纷前来祝贺。

文留油田投产祝捷大会由张鸿飞主持。

当这位身材魁梧的指挥站在大会主席台上，以洪钟般的声音宣布祝捷大会开始时，会场上响起激动人心的掌声和鞭炮声。

首先，张鸿飞致开幕词。他说：

> 在党的十一届三中全会精神指引下，在石油部和胜利油田党委的正确领导下，经过全战区广大职工的艰苦奋斗，文留油田胜利投产，标志着东濮油田在中原大地上从此诞生，这是东濮探区的广大职工向党的生日奉献的最好的礼物。

接着，李晔代表东濮会战指挥部发表讲话，他要求广大职工再接再厉，为加快东濮油田勘探开发继续拼搏，争取再创辉煌。

最后，大会还表彰奖励了为文留油田投产作出贡献的先进单位和个人，命名了 32861 钻井队等 10 个标杆单位和孙兆玉等 10 名标兵。

祝捷大会后，指挥部领导还设宴招待有功人员。

在宴会上，指挥部领导和有功人员频频举杯，为文留油田投产干杯。平时从不醉酒的李晔，兴奋中不计酒量，平生第一次醉了。

文留油田的建成投产，产生了巨大作用，这年东濮探区的油气生产实现了零的突破，到年底，生产原油 22.6 万吨，生产天然气 3500 万立方米。

文留油田的建成，对于东濮会战来说具有巨大的鼓舞作用。从此以后，油田掀起了一个接一个的建设高潮！

大庆支援东濮油田

1980 年初，石油工业部决定：

> 从大庆油田调集采油队伍，参加东濮油田开发会战。

3 月 5 日上午，大庆油田科学研究设计院党委副书记兼政治部主任杨启超，接到大庆油田党委办公室的通知，准时来到大庆油田总部机关 2 号院。

此次会谈主要是大庆油田党委书记陈烈民、局长王苏民同杨启超协商、安排调采油队伍支援东濮石油会战等方面问题。

会谈开始后，陈烈民操着一口浓重的陕西话，对杨启超说："大庆油田党委提名，焦力人副部长同意，让你担任总带队，从采油一厂、二厂抽调 700 人，到东濮油田参加会战。"

听了陈烈民的话后，杨启超当即表态："服从组织的安排！"

"由你组织这个队伍，要以最短的时间赶到东濮油田。"王苏民局长也是一口秦腔，对杨启超说。

接受新使命的杨启超，当天晚上没有合眼。从队伍组建、职工家属安排、参战人员的交接，到人员、物资的调运，他详细地计划着。

支援东濮会战的消息，在大庆油田不胫而走。老家在河南、山东的职工，更是踊跃报名。

一时间，在大庆出现了东濮热。

3月19日，大庆萨尔图火车站上，大雪纷飞。杨启超、张多年和第一批支援东濮会战的300多名职工，冒着零下10多度的严寒，要出关南下，支援东濮会战。

听到消息后，大庆油田领导和数百名职工家属、子女到车站送行，欢送场面激动人心。

3月20日，北京火车站喜气洋洋，石油部司局领导赶到北京车站，欢迎、接待参加东濮会战的大庆职工。

同时，杨启超、张多年利用换乘车的时间，赶到石油部机关，向宋振明部长做了汇报。

宋振明部长在办公室里热情接待杨启超、张多年，并亲自给他们倒上一杯开水驱寒。

宋振明问杨启超："老杨，去东濮怎么样?"

杨启超双目炯炯地看着石油部长，自信地大声说道："我们这次进关，一定不辜负石油部领导的期望，要把大庆红旗插到东濮，搞好东濮油田开发。"

"你们是去的黄河滞洪区，要做好防洪准备。"宋振明提醒杨启超。

"这我知道，河南那个地方，在解放前是水、旱、蝗、汤四害严重的地方，"杨启超风趣地对宋振明说，

"有水就有鱼吃了。"

"发了大水，小心水把你们吃了。"宋振明半开玩笑半认真地说，"东濮是新发现的油田，希望你们要发扬大庆人艰苦创业的精神，把这个油田开发好。"

就这样，杨启超和300多名职工带着大庆和石油部的嘱托，乘车南下了。

到达东濮油田后，这些大庆人积极发扬大庆精神，从地质、油藏抓起，组织技术人员掌握地下情况，熟悉工艺流程。

从东北大地来到中原地区，气候、环境不同。虽是春天，大风呼啸着刮起来，职工们身上、脸上天天蒙着一层土，但他们没有一个人叫苦。

对此，有人还风趣地写了一首打油诗，来描写工人的精神状态：

苦不苦，
一天要吃二两土，
白天不吃晚上补，
省了口粮干劲鼓。

当时，在大庆油井平均深度是1200米，东濮油田平均井深3000米左右。在大庆，每口井上都有加热炉，而东濮油田只有计量站和联合站才有加热炉。

因此，两个油田的地质情况和工艺流程都不同，必

会战高潮

须针对东濮油田的实际，采取有效的管理措施。

为此，杨启超、张多年和刚刚组建的采油二部机关干部、技术人员一起，为每口油井建立档案。

从试采指挥部接收濮城油田的全部油水井后，很快建起"地宫"。

在1000多名大庆职工陆续到达濮城油区后，一场会战在东濮展开了。

当时正值盛夏高温季节，工人们挥汗如雨，就在这种高温下，工人们顶着一阵阵的热浪，不怕吃苦，不怕受累，开展了顽强拼搏。

为调动劳动积极性，保证按时完成任务，各钻井队之间开展了以比时效、比质量、比安全、比设备管理、比作风为主要内容的劳动竞赛活动。一时间，东濮战场又出现了一个你追我赶争当先进的生动局面，会战热潮一浪高过一浪。

1980年，所有参加会战的钻井队，平均年进尺1.2万米，平均钻机月速度1166米，平均建井周期缩短了22天20小时，创东濮会战以来最高水平。

1980年7月1日，又是一年党的生日到来了，东濮油田再次迎来了一个胜利的时刻。

这一天，东濮油田一派喜庆气氛，东濮会战指挥部在濮城前线召开了濮城油田投产祝捷大会。

石油部副部长焦力人、胜利油田党委书记陈宾亲临大会祝贺。

在大会现场，参加大会的 1800 多名石油职工和彩旗、锣鼓声汇成了欢乐的海洋。

大会开始后，东濮指挥部党委书记李晔在会上发表了鼓舞人心的讲话，李晔说：

> 濮城油田的胜利投产，使东濮油田又踏上了新台阶，这是继去年"七一"文留油田投产之后，我们万名石油职工向党献的第二份丰厚的礼物。我们要鼓足更大的干劲，使东濮油田不断发展，为建成大油田而奋斗。

到这年年底，东濮油田生产原油 73 万多吨，生产天然气 8091 万立方米，油气产量比上年翻了两番。这为油田的进一步发展，奠定了坚实的基础。

中央支持东濮会战

1981 年 5 月，石油部老部长、国务院副总理余秋里决定亲临东濮视察。

消息传出，一时间，整个东濮一片沸腾，广大石油职工都渴盼着余秋里的到来。

5 月 16 日 18 时，余秋里一行到达了东濮会战指挥部，曾在余秋里身边工作过的李晔十分激动。

当晚，李晔亲自向自己的老首长汇报了东濮油田勘探开发情况和发展远景规划。

听完汇报，余秋里高兴地说："你们在东濮这个地方做了大量深入细致的工作，对这里的情况掌握得比较清楚，从这里的地质条件看，在东濮建成一个大油田是有希望的，我盼望着早一天建成东濮大油田。"

5 月 17 日上午，在李晔、陆人杰等指挥部领导陪同下，余秋里一行前往濮城油田。

余秋里等人到达濮城油田后，濮城油田采油二部党委书记杨启超、指挥张多年把余秋里一行迎进一栋简易木板房里。

这就是濮城油田的临时会议室，但里边没有单椅子，没有沙发，只有几把连椅。

在大庆指挥过石油会战的余秋里，深知油田创业时的艰难，他环视了一下石油战线上的英雄们，向大家点点头。

此时，李晔招呼大家坐下后，对余秋里说："采油二部的大部分同志都是从大庆来的，他们发扬大庆精神，工作搞得很好，具体情况让杨书记汇报一下。"

当时，杨启超同余秋里坐在一把连椅上，他侧过身子，对着余秋里说："我们的老部长、余副总理一到东濮，就到二部来看我们，这是对我们深切的关怀，也是莫大的鼓励，使我们这些从大庆过来参加东濮会战的同志备感亲切。"

接着，杨启超向余秋里详细汇报了采油二部的组建情况和濮城油田的开发形势。

听完杨启超的汇报后，余秋里高兴地说："我们的同志长期在生产第一线工作，保持和发扬了我们党的艰苦奋斗的优良传统，继承和发扬了延安革命精神和大庆创业精神，这一点很可贵，不能丢。"

余秋里接着说："现在世界上工业发展日新月异，科学技术突飞猛进。我们的石油工业同世界发达国家相比，还有差距。我们的干部、工人都要努力学习科学技术，用现代化的技术来发展我们的石油工业。"

5月18日，余秋里一行离开东濮油田。余秋里的到来，给东濮油田的发展带来了新的机遇。

6月9日，在余秋里的支持下，为加快东濮油田开发，石油部副部长焦力人、闵豫、李天相在胜利油田，再次召开现场办公会。

在现场办公会上，焦力人等人经研究决定，从河南油田调8个钻井队，从江汉油田调两个深井钻井队，参加东濮石油会战，从而加快了濮城油田建设的速度。

继濮城油田投产之后，位于中央隆起带北部的卫域油田开发也正在部署。

为此，石油部决定从江汉油田调出1000多名职工，在卫城油田组建采油三部。

任务下达后，卢建德、于建中等一大批石油界骨干在江汉油田负责成建制地组建这支队伍。随着这1000多名生力军的到来，卫城油田建设的速度大大提高了。

和卫城油田的开发一样，东濮这里所有油田的建设都得到了中央和石油部的大力支持，也正是有了中央的支持，油田才走上了快速发展之路。

油田开始独立发展

1981 年 8 月 13 日，对于东濮和整个中国石油工业来说是一个不同寻常的日子。这一天，石油部副部长焦力人代表石油部党组来到东濮会战指挥部。

焦力人郑重宣布：

> 东濮石油会战指挥部同胜利油田分开，隶属石油部和河南省双重领导，以石油部领导为主，党的关系归河南省委领导。

同时，焦力人还宣布了新的领导班子。

中共东濮石油会战指挥部委员会常委由李晔、张慎三、胡笑云、傅积隆、方颂扬等 7 人组成。李晔任党委书记，张慎三任副书记，胡笑云任副书记兼指挥部指挥。方颂扬兼任总经济师，车卓吾兼任总地质师，李允子兼任钻井总工程师。

10 月 24 日，新班子成立不久，为取得河南省委、省政府对东濮石油会战指挥部工作的支持帮助，李晔和新组建的领导班子部分成员前往河南省委汇报工作。

当时，由于东濮油田勘探开发形势和领导体制的变化，河南省委十分重视。为此，对于此次东濮会战指挥部的汇报，河南省委还特别安排在省委常委扩大会议上进行。

10 月 25 日上午，在河南省委 13 号会议室，河南省委书记刘杰亲自主持召开省委常委扩大会议，专题研究东濮油田工作。

参加此次会议的有省委、省政府领导戴苏理、李庆伟、张赤侠、何竹康、岳肖峡，安阳地委副书记谭枝生和省委办公厅、省计委、省经委、省建委等相关厅局负责人。

会议开始后，东濮会战的新任指挥胡笑云向省委汇报了东濮油田勘探开发形势。

接着，指挥部党委书记李晔首先代表会战指挥部，对省委给予油田工作的支持表示感谢。然后他铿锵有力地说："我们指挥部从现在起，用 3 年时间，要使东濮油田的石油储量增加到 5 亿吨，天然气储量搞到 500 亿立方米，原油年产量达到 500 万吨。"

李晔对省委的表态，使省委领导们十分高兴。

省委书记刘杰说："东濮油田作为全国重点工程，省委应该全力支持，过去做得不够，是我们工作中的失误，要立即改正。"

刘杰还说："我们要把东濮油田看成是河南的油田，各个厅局要把油田看成自己的企业。省委、省政府、各厅局都要大力支持油田建设，油田开发征地要积极解决，不要抬高地价。"

最后，刘杰还强调说："油田的开发建设，对豫北地区的经济发展，乃至全省经济发展，都是一个促进，给全省经济建设带来了大好形势。"

这次会上，河南省委就促进油田建设的 7 个问题做了决定，即明确了油田隶属省、部双重领导，在油田成立河南省政府办事处，油田名称改为中原石油勘探局，基建征地，在郑州建油田办事处。

此次会议是中原油田发展的一个重要里程碑，它给中原油田勘探开发建设以巨大支持和促进。

会议结束后，河南省政府驻中原油田办事处开始组建，办事处由安阳地委副书记谭枝生负责，帮助油田疏通与省、地、县的工作关系，促进油田各项工作顺利开展。

在河南省的大力支持下，经过石油工人的艰苦奋斗，整个油田勘探开发形势喜人。

到 10 月底，濮城油田在钻井、井下作业、油建、供应、水电、机厂、建工等参战单位的配合下，投产、转注油水井 27 口，投产 3 条输油主干线、19 座计量站，使原油日产量由年初的 1700 吨上升到 4000 吨，采油二部提前 32 天生产原油百万吨。

11 月 30 日，会战指挥部向采油二部全体职工发出贺信。贺信中说：

一年来，你们以主人翁的姿态，自觉为党

分忧，把完成国家任务看得高于一切，重于一切。广大职工保持和发扬了大庆会战的光荣传统，冒严寒、战酷暑，栉风沐雨，艰苦奋斗，职工们住帐篷，睡板房，以苦为荣，以苦为乐。各级干部深入基层，调查研究，亲临现场及时解决问题，并且以身作则，与群众同甘共苦，起到了表率作用。在夺油会战中，你们把高度的革命精神和严格的科学态度结合起来，发扬了"三老四严、四个一样"的优良传统，对工作一丝不苟，使油井泵站的管理水平不断提高。所有这些精神，都是值得表彰和发扬的。

油田广大职工并不满足已经取得的成绩，他们要乘胜前进。到年底，全油田共生产原油 141 万吨，油气产量比上年翻了一番。

从此，中原油田步入了新的发展旅程。

四、 科技攻关

● 康世恩亲切地看了一眼这些可爱的石油人后，继续说："你们回去后，拿出个技术攻关会战的方案，由石油部和国务院进行决策。"

● 宋振明同大家一一握手，笑着说："不要再叫部长了，喊我'老宋'或者'班长'都行。这次中央派我来，就是给大家当班长的。"

● 李允子大声地回答道："有啊！3277队就是全局的标杆钻井队。"

石油部提出搞科技会战

1982 年初，在党的精神指引下，中原油田进入新的发展时期。

1 月 7 日，在国务院召开的利用外资会议上，国务委员康世恩宣布中原油田为集中利用外资单位，借助外资引进新技术、新设备，把中原油田建设成为现代化的油气化工基地。

2 月下旬的一天，李晔、胡笑云、车卓吾、陆荣生、张晋仁等中原油田领导们，来到康世恩的办公室，向这位石油战线的权威领导汇报中原油田勘探开发会战的新形势。

汇报在一种轻松祥和的氛围中展开了，一群在石油战线奋斗了大半生的老石油人，谈起石油都兴趣甚浓。此时，已是深夜 24 时多了，康世恩仍精神饱满地听着车卓吾汇报中原油田地质勘探情况。

最后，康世恩对中原油田领导们说："东濮这个地方，地质复杂，勘探开发难度大，不搞技术攻关，很难拿下这个油田。"

康世恩亲切地看了一眼自己的这些可爱的石油人后，继续说："你们回去后，拿出个技术攻关会战的方案，由石油部和国务院进行决策。"

经过紧张的调研准备，中原油田党委制订了到 1985 年拿下 5 亿吨石油储量、500 亿立方米天然气储量、年生产 500 万吨石油的规划，并提出了完成这"三五牌"规划的生产建设技术攻关的措施。

方案制订后，总地质师车卓吾和陆荣生、张晋仁等方案编制人员先后 4 次前往北京，向康世恩和石油部进行汇报。

1982 年 5 月，局长胡笑云和车卓吾、杜晓瑞、张晋仁、张申报等再次来到北京，向石油部副部长张文彬汇报中原油田 3 年攻关的规划。

为了汇报详细具体，便于理解，车卓吾和他的助手季应镕将汇报的各种数据写了整整一大黑板。

听取汇报后，张文彬指出，要把产能会战的重点放在油气富集区，提高会战的经济效益。

接着，车卓吾等人又向康世恩进行了汇报。

听取了汇报后，康世恩非常满意。为了使中原油田顺利开展工作，康世恩明确地提出：

要对口把院校的技术成果拿来，在油田进行推广；

要把国外石油勘探开发的先进技术拿来，在油田消化吸收；

要利用世界银行贷款，在中原油田进行技术攻关。

在这年深秋季节，胡笑云、车卓吾和陆荣生、张晋仁、杜晓瑞等人再次来到北京，向石油部汇报攻关会战的规划。

此时，康世恩因病在北京三〇一医院住院，当他得知中原油田领导向石油部汇报技术攻关会战情况时，便赶忙邀请油田领导来到医院。

当时医护人员从康世恩的健康考虑，不同意油田领导在医院向康世恩汇报工作。

医护人员的劝阻自然不能阻断石油人干事业的激情，经过一番周折，油田领导还是又坐到了康世恩的面前。

等医护人员闻讯赶来制止时，房间的地上、墙上、床上都挂满了、铺满了图纸、资料。

康世恩对护士长开玩笑说："我是打游击战出身，打游击看来你们不如我。不过，我是个劳碌命，要是不让干点事儿，心里总是虚得难受。不过呀，我一看地质图就来精神，比吃药还灵。"

听了这话，医护人员只好无奈地退出了病房。是啊，面对如此敬业的干部，医护人员除了感动，还能再说什么呢。

汇报开始了，胡笑云和车卓吾赶紧抓住这难得的时间，详细地向康世恩作了简短的汇报。

康世恩听了报告后很满意，他一边鼓励中原油田工人继续努力，一边强调道：

要把勘探开发的重点放在黄河以北，打连片，搞3个接替，高产井接替，高产区块接替，新油田接替，如果3年拿不下来，就搞3年多一些时间，要通过技术攻关，把难解决的问题都要攻下来。

1982年底，六易其稿的《中原油田3年科技攻关会战规划》被石油部批准并上报国务院。

11月15日，国家计委、财政部批准石油部"关于中原油田增加使用世界银行贷款的报告"，并准予中原油田使用一亿美元贷款。这为中原油田引进国内外技术和装备，展开技术攻关会战创造了有利的条件。

此后，中原油田一场科技会战拉开了序幕。

宋振明调研中原油田

1982 年 12 月 28 日 9 时，一辆黑色小轿车开进了中原石油勘探局的院子里。

车门打开，从车中走出来一位身材魁梧的中年人，他穿一身蓝色的棉工服，微黄的脸庞上已被无情的岁月刻上了浅浅的皱纹，两只眼睛却显得特别有神。

此时，中原石油勘探局的几位领导干部迎上来："宋部长，一路辛苦了！"

"不辛苦，路上挺顺利的。"宋振明同大家一一握手，笑着说："不要再叫部长了，喊我'老宋'或者'班长'都行。这次中央派我来，就是给大家当班长的。"

有人接了一句："叫'老部长'总可以吧？"

宋振明笑了，大家也笑了。他们说说笑笑走进了会议室。此次会议，主要商量将要召开的中原油田生产建设技术攻关会战动员大会的内容和议程。

此前，为加快中原油田勘探开发建设，国务院于 1982 年 10 月 19 日作出决定，任命宋振明为中原油田生产建设技术攻关会战领导小组组长，亲自挂帅，组织领导中原油田会战。

这次会战是我国石油工业战线组织的新的会战。同过去会战不同，这次会战把科技发展作为会战的主攻方向。为此，宋振明从北京来到中原油田，亲临现场指挥会战。

到达中原油田后，宋振明就把办公、住宿的地方设在中原油田总部第二招待所的一栋瓦房里。

当天晚饭后，秘书孙忠福敲门进来，把一叠文件、材料放在宋振明的办公桌上。

宋振明从里间走出来说："小孙，今晚上没事了，你回家去吧！陪我跑了几天，够累的了。"

孙忠福走后，宋振明戴上花镜，又翻开石油部给国务院的《关于组织中原油田生产建设技术攻关会战的报告》，逐字逐句地看起来：

......

中原油田所在的东明—濮阳地区，地质上属渤海湾含油气区的一个组成部分。这是我国东部地区找到的又一个新的油气富集区，并有可能成为东部地区的一个天然气基地。

但是，这个地区的地下断层多，地层压力大，岩石比较坚硬，还夹有3套盐巴地层，油、气、水互相交错，油、气藏类型比较复杂，单个含油、气断块的面积比较小，有些埋藏深度达三四千米。这种状况，不仅给勘探工作增加了风险，而且在开发建设上难度也比较大，技术要求比较高。

中原油田这场会战，我们打算从石油、天然气的地球物理勘探开始，连同油气田开发、油气输送、原油加工，直至石油化工的综合利用，作为一个整体来规划，组成"一条龙"的生产建设技术攻关会战。

搞好这场会战的关键，在于解决一系列的科学技术难题，初步确定有10个方面、80多项主要攻关项目。需要组织力量突破，集中采用国内外的先进技术成果，提高地质、地震、钻井、测井、试油、采油、采气、油气密闭集输和回收利用、原油加工和石油化工的技术水平。

对所需的技术装备，目前国内能解决的，安排在国内制造供应，近两三年内国内没有把握解决的，请允许从国外引进。

中原油田会战领导小组负责规划会战的重大方案，制定工作部署，协调地方和部门有关单位之间的关系，以及参加会战的石油企业之间的关系；统筹解决和组织各方面的力量，解决有关重要问题；会战领导小组组长，中央已批准由宋振明同志担任……

读到这里，宋振明站了起来，在房间里轻轻踱步。此时，他想起了10月份，中共中央总书记胡耀邦对中原油田的一次指示。

胡耀邦指出：

> 石油要加快开采速度，现在就要搞好规划，
> 只要资源有把握，就不要耽误，不能犹豫不决，
> 不能举棋不定。

想到总书记的指示，宋振明再次感到自己肩上的担子相当沉重。此时，他联想到脚下这块土地，是中华民族的发祥地之一，在漫长的封建社会，濮阳多次成了帝王将相争夺的要地，是逐鹿中原的古战场，有许多著名的战役就发生在这里。如今，这次石油会战同历史上发生的军事战争有本质的不同，石油人不是为个人争名夺利，而是为了国家强盛和人民幸福。

想到这里，宋振明有感而发，挥笔赋诗：

> 颛顼之墟古战场，逐鹿中原夺霸王；
> 石油大军来会战，为使民富国家强。

沉思良久，宋振明一握拳头，暗暗地想："必须广泛发动参战人员，积极投身这场80年代的新型会战，圆满完成党和国家交给自己的任务。"

第二天，中原油日生产建设技术攻关会战动员大会在中原油田勘探局基地隆重召开。

参加此次大会的有副处级以上的干部、正副主任工

程师、地质师，还有江汉勘探处、滇黔桂勘探处、管道三公司、物探局第二指挥部、河南省政府驻油田办事处等单位的干部，共计342人。

在会上，作为会战领导小组组长，宋振明作了重要讲话。宋振明首先提醒大家："搞好科技攻关会战的关键是解放思想，放宽视野，振奋精神，开拓前进。"

接着，宋振明鼓励大家说："各级领导干部、科技工作者和全体职工发扬积极进取的拼搏精神，立足中原，放眼全国，瞄准世界先进水平，向科学技术现代化进军，在会战中创出优异的成绩。"

动员大会后，宋振明开始深入基层，开展调查研究。宋振明冒着严寒，每天驱车上百公里，深入中原油田的前线生产单位检查指导工作。

在调研期间，宋振明把每天的工作内容都安排得满满的，节假日和星期天都没有休息，全身心地投入到工作当中。

1983年元旦下午，宋振明从50公里外的文南前线，专门赶回油田总部基地，主持召开中原油田技术干部座谈会。

座谈会上，技术干部发言热烈，宋振明边听边记并不时插话。

负责钻井工作的副局长李允子提出了中原油田钻井队面临的两大难题：一是井下事故多，二是钻井速度慢。

对此，李允子说："各级干部本应该重视和支持钻井工作，而遗憾的是个别领导干部对钻井重视不够，听不进技术干部的意见……"

听到这里，宋振明说："这就是'秀才遇到兵，有理说不清'！我们的各级领导干部都要支持'秀才'的工作，当个明白人。要经常了解技术干部的思想工作和生活情况，听取他们的意见和要求，充分发挥他们在攻关会战中的作用。"

在听取了大家发言后，宋振明做了总结讲话。他要求技术干部放下包袱，解除顾虑，大胆工作，奋力攻关，为会战奉献自己的聪明才智。

参加会议的几十名技术干部，听了宋振明的讲话，既感到心情舒畅，又感到责任重大，表示一定要竭尽全力投入技术攻关会战。

当时，文南油田是中原油田 1983 年生产建设的重点工程。在视察时，宋振明想从这个油田投产过程中总结出打井、测井、试油的新经验。

3 月 3 日下午，采油一厂向宋振明报喜，地处文南前线的文一三八井喜获工业油流。

这口井深 3630 米，油层较厚，当射开沙层下 6.6 米油层后，下油管时发生井喷，喷出原油 30 多立方米，日产原油可达 150 吨。

宋振明听后，心情十分振奋。找油的人就是盼着地下早出油、多出油，只要找到了油，不管气候条件多么恶劣，不管生活条件多么艰苦，也不管自己身体状况多么差，总是抑制不住内心的喜悦。

第二天吃过早饭，宋振明乘车来到文一三八井井场，只见这口井的井口装置已经装好，地下的输油管线也已同计量站接通。

看到一切工作进展得有条不紊，宋振明感到非常满意。他详细地了解了这口井的试油情况，同井场的工人亲切握手，感谢他们为油田开发又立了新功。

接着，宋振明来到文二联合站，只见工人们正在焊接储油大罐，工地上弧光闪闪，焊花飞溅，一派紧张繁忙的景象。

忙碌的工人们告诉宋振明，他们一定要抢在五一节前完成施工任务，为文南油田投产争取时间。

宋振明鼓励干部工人要高质量、快速度地建好这个联合站，保证文南油田按期投产。

宋振明此次调查，为即将召开的科技会展大会提供了重要的参考信息。

科技会战拉开序幕

1983 年 2 月 28 日至 3 月 3 日，财政部、石油部联合组成谈判团，赴美国与世界银行谈判"中原油田文留石油项目贷款"，胡笑云和中原油田外办张维精作为谈判团成员，一同赴美洽谈。

通过紧张而激烈的谈判，达成了使用世界银行 1.008 亿美元贷款，用于开发中原文留油田及引进先进设备的技术协议。

该协议包括引进钻井、试采、技术培训、实验室仪器、电子计算机、测井、液化石油气等 7 项先进设备和钻井完井、液化石油工程、油藏工程、技术培训中心、电子计算机中心、安全生产等 6 项技术咨询。

随着贷款协议的达成，国内的会战工作也在紧锣密鼓地进行着。

3 月 17 日，也就在宋振明看过病的第三天，石油部终于收到《国务院关于中原油田生产建设技术攻关会战问题的批复》。

"批复"写道：

　　　　原则同意你部提出的中原油田油气勘探和
　　生产的长期目标，并进行石油和天然气的勘探开发的意见。

同意你部提出的会战领导小组名单。

……

会战所需解决的科学技术难题，请你部与科学院、国防科工委、教育部等部门协商并组织论证攻关，或签订科研合同。短期内国内不能解决的技术和装备，可以申请从国外引进。

中原油田会战是几年来石油勘探开发的重要会战，对扩大油气储量，保持全国原油稳产有重要意义。希望你部会同河南、山东两省及有关部门，组织科技人员和职工，加强协作，共同搞好油气勘探和生产建设，多找油气储量，充分回收和利用油气资源，为建成技术比较先进，油气开发合理，经济效益较高的中原油田而努力。

宋振明拿到这份文件后，心情非常激动，早把自己的病全忘掉了，他拿起文件唯恐有错似的，一字一句地读了好几遍。

从这天开始，与其说宋振明在家养病，倒不如说他在家更忙碌地工作。就在看到国务院批复的当天，他就给石油部写了关于召开会战领导小组第一次会议的报告。紧接着，宋振明又忙着起草自己在会议上的讲话稿和会议通知。

3月24日，宋振明突然收到中共中央政治局常委李先念写来的一封信。

李先念在信中说：

康世恩、唐克、宋振明同志：

今晨，我从广播中听到一条振奋人心的好消息，国务院决定加快勘探开发中原油田。上午又在电话中听了世恩同志介绍的情况，感到非常高兴。

中原油田地理位置非常好，经济意义非常大。开发后对解决华北、华东、中南、西北的燃料动力和石油化工原料，对加速整个国民经济的发展，都将发挥重要作用，应该尽一切努力加速这个油田的开发和建设。开发这样复杂的油田，对科学技术水平会有新的提高。

石油战线是出人才的，今后更要注意培养和发现人才，把那些能坚持四项基本原则又有专业知识的优秀中青年干部，大胆地提到领导岗位上来，把我们的石油队伍建设得更好，为发展我国的石油工业作出更大贡献！

李先念

1983 年 3 月 24 日

看到李先念的信，宋振明的心再也不能平静了，中央多么需要会战的胜利，祖国多么需要会战的胜利啊！

想到此，宋振明再也无心养病了。

3月25日，宋振明带着国务院的批复、李先念的信和石油部关于召开会战领导小组第一次会议的意见，返回中原油田，着手筹备召开中原油田生产建设技术攻关会战领导小组第一次会议。

当时，经国务院批准，中原油田生产建设技术攻关会战领导小组由11名同志组成：

组长是宋振明。

副组长是河南省副省长岳肖峡，山东省计委副主任王杰，中原石油勘探局局长胡笑云。

成员有石油部科技司司长金钟超，石油部规划设计总院院长胡象尧，中原石油勘探局副局长、总地质师车卓吾，石油部钻井司副司长李克向，石油部勘探司副总地质师胡朝元，石油部油田开发生产司副总地质师冈秦麟，石油部规划设计总院副院长陈自光。

1983年4月6日至13日，中原油田生产建设技术攻关会战领导小组第一次会议，在中原油田基地隆重召开了。

国务委员康世恩，国家计委、石油部、河南省、山东省的领导同志参加并指导了这次会议。国家经委、能源局、石油部各司局、各油田、厂矿、院校和地方政府负责同志207人出席了此次会议。

在会上，宋振明作了重要讲话。他详细阐述了会战的任务和目标，强调要从物探、地质、钻井、泥浆、试油、测井、油田开发、油气集输等八个方面进行技术攻关，努力创出勘探、钻井、油田开发和油田建设四个新水平。

在讲话中，宋振明生动地说："我们这次会战和古时候'逐鹿中原夺霸王'有本质的不同，我们不是为个人争名夺利，而是为国为民而战的，为的是使民富国家强。会战中要在努力提高经济效益，加速技术进步的前提下，比生产速度，比工程质量，比学科学技术，比用科学技术，比新纪录，比高水平。在建设物质文明的同时，还要搞好精神文明建设，加强思想政治工作，比队伍建设，比基础工作过硬。"

最后，宋振明引用了总书记胡耀邦同志的话来鼓励大家："正如耀邦同志在大庆讲的：'谁英雄，谁好汉，战场上比比看！'"

宋振明同志的讲话有很强的鼓动性和感召力。他的话音一落，会场上爆发出热烈的掌声。

4月14日上午，会战领导小组召开中原油田生产建设技术攻关广播动员大会。

此次大会的中心会场设在中原油田机修厂礼堂，下设6个分会场，5000多名油田职工、家属和油区地方干部参加了大会。

会议由宋振明同志主持。

国务委员康世恩、石油部部长唐克、河南省委书记于明涛都出席了会议，并作了重要讲话。他们要求油田全体职工、家属立即行动起来，坚决贯彻执行中央领导同志和国务院的重要指示，积极投入技术攻关会战，以建设精神文明和物质文明的实际行动，回报党中央、国务院以及广大人民群众的关怀和殷切希望。

会议结束后，在宋振明指挥下，中原油田生产建设技术攻关战全面展开。

当时，来自石油部和河南省政府的会战小组成员及宋振明都在油田现场指挥会战，胡笑云和中原油田的领导们按照会战领导小组的统一部署，积极组织落实会战任务。

为此，会战领导小组和中原石油勘探局认真落实会战的各项任务，把每一项会战的任务、措施、进度、标准，都落实到每个单位，并确定责任人。

当时，由国务院作出决策、石油部直接领导的这场技术攻关会战，吸引了全国许多科研单位和大专院校前来选题攻关。

中国科学院在卢嘉锡院长的主持下，专题研究协助中原油田技术攻关。为此，中国科学院派出地学部张文佑教授等地质专家到中原油田考察，选定了 10 个研究课题。

到 5 月底，全国陆续有 51 个科研单位和大专院校，170 多名专家、学者和科技人员来到中原油田，洽商技术攻关项目。

在短短的一个多月的时间，中原油田同 14 所院校和科研单位签订了 49 个科研项目，技术攻关会战在中原油田掀起热潮。

1983 年 6 月，宋振明在北京参加会议时，接受《经济日报》记者的专访。

在专访中，宋振明强调了国务院决定加快中原油田开发建设和组织生产建设技术攻关会战的重要意义，决心不辜负党中央和国务院的重托，组织指挥好中原油田生产建设技术攻关会战，为加快国家能源建设，提高我国石油勘探开发技术水平作出新的贡献。

专访刊发后，广大参加科技会战的专家、学者、技术人员纷纷表示用自己的努力工作，向中央汇报，向人民交出满意的答卷。

推广标杆队先进经验

1983年1月，此时正是中原油田一年中最冷的时候，而中原油田的科技会战还在如火如荼地进行着。

1月15日下午，会战领导小组组长宋振明，约勘探局副局长李允子前来谈钻井方面的情况。

李允子按照约定的时间进来了，宋振明热情地招呼他坐在沙发上。

李允子高高的个头，瘦削的脸上戴一副近视眼镜。这位干了几十年钻井工作的老同志，很久以前就接触过宋振明。

早在20世纪50年代，李允子任玉门油矿钻井队长时就聆听过宋振明的讲话。那是宋振明从德意志民主共和国访问归来后，给大家做了一个报告，讲得很吸引人，很精彩。报告中特别强调要重视生产技术，尊重技术人员。这个报告给李允子留下了极其深刻的印象。

这一次，李允子汇报钻井工作，就从自己来中原油田打井开始。

李允子向宋振明介绍道："我是在1975年秋天，随胜利油田第一批钻井队来到东濮探区参加会战的。当时，我们所使用的钻井设备还大多是五六十年代生产的。而东濮凹陷地质情况复杂，油气埋藏深，地下压力大，再加上有很厚的复合盐膏层，给钻井施工带来了重重困难。"

喝了一口水，李允子继续说道："用其他地区打井的经验来中原钻井，是不适应的。就拿泥浆来说，用低密度的普通水泥浆在中原打井，常常就会造成缩径或井壁垮塌，有20多口井就是因此发生恶性卡钻事故而报废的。"

望着老部长，李允子有些无奈地说："每当打到盐膏层时，就如同过'鬼门关'一样，司钻提心吊胆，双腿直打战，唯恐发生事故。穿越高压油气层也是一道难关，由于井控装备落后和钻井人员的井控意识薄弱，一旦打到高压油气层，油气流便会冲破泥浆的压力，呼啸而出。50年代生产的封井器，靠人力操作，搬几圈还关不住井，怎能制止井喷呢？另外，泥浆泵的马力不够，还没有实现高压喷射钻井……这些，就是中原油田80多个钻井队面临的难题。"

接着，李允子就做好钻井工作，向宋振明组长提出了5条意见：

一是改善钻井职工的生活条件，进一步调动他们工作的积极性；

二是改革管理机构，使其更加适应钻井生产；

三是推广应用新技术，充分发挥技术干部

的作用；

四是加强钻井战线的科研力量，对重点难题开展技术攻关；

五是降低钻井成本，提高钻井速度。

听完李允子的汇报后，宋振明很高兴。他用郑重的语气说道："你提出的几条意见很好，我都赞成，局里要研究一下尽快落实。钻井是勘探开发的龙头，应该先腾飞起来。"

停顿了一下，宋振明舒缓了一下语气，轻松地问道："老李呀，咱们中原钻井战线，有没有搞得好的井队呢？"

"有啊！3277队就是全局的标杆钻井队。"李允子大声地回答道。

宋振明看到李允子毫不犹豫地说出了3277队，顿时对3277队产生了兴趣，他笑着说："嗬！那你就说说3277队的情况吧。"

李允子还真不含糊，说起3277队来，竟然如数家珍。李允子说道："3277队是在油田钻井队缺乏的情况下，于1978年4月组建的，人员来自26个单位，老的老，小的小，大部分人没有打过井，被人们戏称为'胡子娃娃队'。"

说到此，李允子微笑了一下，接着说道："这个队的队长是25岁的青工孙兆玉，他敢想敢干，又能吃苦，带领大家奋力拼搏，学习和采用先进技术，不断改进设备和打井方法，使钻井质量和钻井速度不断提高。从 1979 年到 1982 年，这个钻井队累计开钻 39 口井，交井 38 口，总进尺达到 10 万多米，在平均井深 2641 米的情况下，平均建井周期 37 天 16 小时，固井质量合格率达到 100%，井身质量合格率 97.4%，各项指标都大大超出同类队的平均水平。"

看到宋振明认真地听着，并微笑着频频点头，李允子说得更起劲了。他兴奋地说："1982 年，这个队平均每米直接实际成本 339.58 元，比计划成本降低 50.45 元，全年为国家节约资金 119 万元。这个钻井队连续 3 年荣获中原油田'模范集体'称号，先后荣立集体一等功一次，集体二等功一次，为泊田勘探开发作出了巨大贡献。"

听完李允子的介绍，宋振明像发现了一件珍宝一样兴奋，他高兴地说："老李呀！这是个好典型！这个队的经验要认真总结，大力宣传，积极推广！号召全局钻井队都要向这个队学习，使钻井水平再上一个新台阶。"

接着，宋振明在屋里来回踱了几步，认真地说："咱们尽快到这个队看一看吧！"

李允子说："好！我带路。"

两人谈话谈得竟忘记了下班的时间。当宋振明送李允子走出办公室的时候，天已经黑了下来，街上的路灯已经亮光闪闪，油城的人们三三两两地在夜幕下散步。

当时，中原大地正处于隆冬季节，天寒地冻。而此时，3277 钻井队正在文南地区热火朝天地抢打今年的第一口井。

1月19日上午，在李允子的陪同下，宋振明来到了3277钻井队。

到达工地后，身穿蓝色棉工服的宋振明同井场上当班的职工一一握手，并亲切向大家问候。

此时，一个精干的小伙子，紧紧握住宋振明的手，激动地说："老部长，咱们在这里又见面了，您能记起我的名字吗？"

"挺面熟的。"宋振明轻轻拍了一下脑门说，"你是这个队的队长孙兆玉吧？"

"对！"孙兆玉高兴地说，"1979年，您来东濮检查工作时，我们正在濮城前线打井。您到我们队上视察工作，听了汇报后说：'钻井队工作要想提高速度，必须依靠科技进步。'我记住了您的话，4年来在这方面狠下了一番功夫，还真见到了效果。1981年，我们队换成了大庆 II 型钻机，创新的步子迈得更大了。"

李允子在一旁兴奋地插话说："小孙现在是钻井一公司一大队副大队长。"

"好啊！"宋振明说，"你应该带出更多的钻井队，让他们都像3277队一样。小孙，你介绍一下3277队都采用了哪些钻井新技术。"

孙兆玉自豪地说："3277队在同盐膏层、高压油气层打交道过程中，总结经验教训，大胆进行探索，主要采用了六项新技术：一、采用高压喷射钻井，充分发挥钻头水马力的作用；二、采用优质聚合物泥浆；三、用好固控设备；四、选择型号对路的钻头；五、精心搭配，让钻具结构充分发挥防斜作用；六、努力做到平衡钻井。"

宋振明边听边记，还不时地点头表示赞许。

对这个具有科技创新精神的钻井队，宋振明无疑是充满了爱，并把这种爱转化为对钻井工人生活的关心和照顾。

看完井场，他余兴未减，又来到这个队的职工宿舍，同倒班休息的职工交谈，问大家吃得怎么样，晚上睡觉冷不冷。

最后，宋振明还看了职工食堂，勉励炊事员们把饭菜做好，当好井队的好后勤。

在返回油田基地的路上，宋振明向李允子提出推广3277队的经验，建议在向3277钻井队学习的基础上，把1983年定为"中原油田科学钻井年"。

当李允子把开展"科学钻井年"活动的建议在勘探局领导干部会上提出后，局长胡笑云积极支持，赞成开展这项活动。其他干部也纷纷表示支持。

于是，在李允子亲自组织下，"科学钻井年"活动在中原油田迅速开展起来。

不久，中原油田召开第一次钻井技术座谈会，把"科学钻井年"活动推向高潮。

参加这次座谈会的除局处两级的领导干部外，包括所有钻井队的工程技术人员，来中原参加会战的江汉油田、滇黔桂指挥部等单位也派人参加了会议。

在这次会议上，领导小组重点介绍了3277钻井队采用6项新技术进行科学打井的经验，同时部署了当年的钻井生产任务。

在会上，局长胡笑云讲话强调指出："全局所有钻井队都要虚心学习3277队和兄弟油田的先进经验，搞好新技术、新工艺的试验和推广工作，抓紧装备的技术改造和职工的技术培训，特别要搞好科技项目的攻关，每个钻井公司都要抓好一个样板队。全局首先为20个钻井队进行液压封井器、节流管汇、两用水龙头、液压大钳、引进钻头等18项新技术改造项目的配套工作，各钻井公司必须设专人具体来抓。"

宋振明出席这次会议并讲了话，他号召所有钻井队都要切切实实制订出规划，一步一个脚印地向3277钻井队学习，向科学技术要钻井质量，要钻井速度。

为响应会战领导小组的号召，中原油田党委还作出了《关于向3277钻井队学习、开展"学比赶帮超"活动的通知》。

"通知"要求：

　　全局各级党组织、各条战线都要以党的十二大精神为指导，以3277钻井队为榜样，扎扎实实地开展"学、比、赶、帮、超"活动，振奋精神，鼓足干劲，立志改革，勇于创新，认真学习、掌握、应用先进技术，不断提高工作效率和经济效益 在生产建设技术攻关会战中争创新成绩，争做新贡献。

向 3277 钻井队学习的通知发出后，参加会战的各个单位纷纷开展了各种形式的学习活动。

在学习中，很多人认识到"工欲善其事，必先利其器"。于是，他们就厓先进的钻井设备替代陈旧落后的老设备，因为这是提高钻井质量和速度的关键。

1 月 22 日，宋振明召集李允子和钻井处、供应处、机动处的负责人，研究钻井设备的更新问题。

经过讨论，大家一致同意淘汰 600 马力和 800 马力的泥浆泵，换成 1000 至 1300 马力的泥浆泵，并把陈旧的手动封井器换成液压封井器。

4 月 29 日，中原油田在文南前线又召开了第二次钻井技术座谈会。

此次会议的主要任务是总结和交流学习 3277 钻井队的经验。为了增加会议影响，此次会议的参加人员扩大到井队的技术员和泥浆组长。

经过一段时间的学习后，各个钻井队都有了不少心得。因此，在会上，有 8 个钻井队的代表纷纷做了精彩的发言。

会议召开了一天，宋振明自始至终参加了全天会议，并作了多次重要讲话。

最后，宋振明强调指出：

要围绕科学打井，大力推广3277队的6项技术，大张旗鼓地搞好学先进技术的宣传鼓动工作；

要普遍推行岗位责任制，加强职工的责任心，围绕薄弱环节搞攻关；

要舍得花大本钱，狠抓职工的技术培训工作。

模范的作用是巨大的，在3277钻井队的带动下，各个单位人员认真钻研，积极利用科技武装自己的头脑和改进各种勘探设备及勘探工艺，从而大大促进了油田的快速发展。

开展科技攻关

1983 年，随着科技会战的展开，指挥部在宋振明等人的带领下，从多个方面组织科技攻关，并取得了不小的成绩。

在工作中，宋振明经常这样说："技术干部是科技攻关的中坚力量，要想充分发挥他们的作用，就必须尊重、爱护、关心他们，倾听他们的意见、要求和呼声，做他们的知心人。"

宋振明是这样说的，在实践中，也是切切实实地这样去做的。

一次，华东石油学院教授沈忠厚来中原油田考察，宋振明听说这位教授对钻井新技术很有研究，便提出让沈教授给钻井技术干部讲课，沈教授欣然同意。

这天上午，沈教授在油田第二招待所会议室里，给技术人员、管理干部讲课。

宋振明也像学员一样，来到会议室，自始至终认真听，细心记，并感到收获很大。他还高兴地说："我们搞'科学钻井年'，就是要学习、应用和推广钻井新技术，像这样的报告今后应该多听一听。"

在宋振明的大力推动下，中原油田还组织过多次对干部、技术人员，甚至普通工人的培训活动，从而大大提高了他们的科技水平。

除了注重对干部进行培训外，宋振明还注重对国外技术的借鉴和吸取，让法国测井队到达中原油田就是一例。

原来，优质高效地打成一口井，既需要钻井队职工奋力拼搏，又需要有关部门的大力配合，测井是其中的一项重要环节。

宋振明对测井工作一直很重视。他曾反复思考过国务委员康世恩对中原油田测井工作的指示：

> 测井技术可以考虑两手：一是国内搞，包括与外国公司合作经营的方式，一是雇法国斯伦贝谢测井公司搞。

因此，当中原油田提出雇佣法国斯伦贝谢测井公司来施工的意见后，宋振明欣然同意说："首先是为了学到世界上最先进的技术，在这方面一定要舍得花力气，舍得抽出一批能接受新事物的技术干部跟人家学习，并受益。其次是通过斯伦贝谢测井，解决中原油田的一些生产实际问题。"

不久，经石油部批准，法国斯伦贝谢测井公司的两支测井施工队，将从四川油田来到中原油田服务。

1983 年 5 月 14 日，斯伦贝谢测井公司远东总经理罗素一行 5 人，来到中原油田进行实地考察。

6 月中旬，技术人员陈开化带领一批技术人员和车辆，专程赶到四川石油管理局，接来了斯伦贝谢的两支测井队。

两支测井队到来后，被安排在了测井公司大院内的一个小院子里。

为了尽快了解测井情况，宋振明等领导同志多次到中方办公室，去了解测井的具体情况。

8 月 17 日，宋振明再次来到了测井公司，听取了李春明、陈开化等技术人员，关于斯伦贝谢测井情况的汇报。

汇报开始后，李春明向宋振明汇报了斯伦贝谢测井的几个明显特点。李春明说：

> 一是下井仪器种类多，测井项目齐全，获得的地下信息丰富，解决地质问题的能力强；
>
> 二是测井仪器工艺水平高，工作性能稳定可靠；
>
> 三是测井仪器刻度严格，技术先进，测取的成果具有较高的精度；
>
> 四是车装计算机系统对曲线的显示和处理具有快速、直观的特点。

听完汇报后，宋振明参观了斯伦贝谢的设备和仪器，并用英语向外国专家问好。

在离开测井公司时，李春明把《斯伦贝谢测井公司情况介绍》和《测井公司关于学习斯伦贝谢先进技术的安排规划》两份材料交给宋振明。

8月22日，仔细地阅读了这两份材料后，宋振明在第二份材料上批示：

> 测井公司就是本着这个精神制订的学赶斯伦贝谢先进技术的规划。规划比较具体，进度要求也比较明确，很好。
>
> 建议各二级单位可否参照测井公司的做法，编制出本单位的科技攻关规划。这样，不仅局里，而且各级都有自己的科技攻关规划，使科技攻关更具有广泛的群众基础，以利推动整个科技水平的普遍提高。

为了抓好中原油田的科技攻关会战，宋振明还特别重视对具有实事求是精神的专家、技术人员的尊重与鼓励，在实际工作中，他还提倡大家要畅所欲言，勇敢地提出各种问题。

当时，中原油田勘探公司担负着黄河南探区的勘探任务，这个公司的地质师邓向阳写了一份《1983年上半年黄河南探区试油试气成果汇总》的材料，送给了宋振明。

这份材料列举大量事实，在肯定黄河南勘探成绩的同时，还明确指出存在着花钱多、效益差的问题，应该引起领导的重视。

看过这份材料后，宋振明非常重视，思考良久，他认真批示：

> 这个材料虽然粗一些，但是，提出了一些重要问题，很值得领导同志深思，望在编制规划时，加以考虑。

1983 年 8 月下旬，会战领导小组在山东省菏泽地区，召开黄河南油气勘探开发技术座谈会。

会议一开始，宋振明就强调说："这是一次座谈会，希望大家畅所欲言，集思广益，独立思考，自由发言，实事求是，尊重科学，成功的经验要讲，工作中的问题和矛盾也要讲，不要回避问题，不要统一口径。"

在这次会议上，宋振明还专门邀请邓向阳参加会议并发了言。

在宋振明的鼓励下，油田领导和科技人员在这次会议上畅所欲言，充分发表了意见，这对黄河南油田勘探开发提出了许多建设性的意见，对正确决策黄河南的勘探开发起了重要作用。

8 月 24 日上午，中原油田第三次钻井技术座谈会隆重召开了。

在菏泽开会的宋振明一直关注着油田的钻井工作，

为此他还专门写信给留在油田的李允子。宋振明在信中如此写道：

李允子同志并钻井技术座谈会全体同志：

因我要参加黄河南的油田勘探技术座谈会，就不能参加你们的钻井技术座谈会了，对钻井技术座谈会讲几点意见：

1. 热烈祝贺钻井战线在今年的"科学钻井年"中所取得的辉煌成绩！

今年以来，钻井战线包括后勤各公司，在局党委的领导下，在全体职工的艰苦努力下，在科学打井推广6大技术、进行职工培训、建立岗位责任制等方面都取得了新的成绩。在开展学习3277队活动中，又涌现了许多先进单位，如32905队、32861队、32759队、32105队等。特向这些先进单位致敬！应该公平地说，在钻井战线取得成绩中，李允子等技术干部也作出了一定的贡献。

2. 希望这次技术座谈会，认真总结交流今年以来所取得的新经验、新技术，使我们的钻井工作，不论是先进队、中间队、后进队，不论是生产井、探井，不论是深井，还是浅井，都应该有所前进，有所提高，继续前进。特别要抓住以下工作不放松：

3. 继续抓好科学钻井，推广六大技术，包括"六参数仪"就是七大技术，一定要下决心，一个队一个队地全部推广。

4. 继续狠抓全员技术培训。首先是各行各业的应知应会，力争在年底或稍长一点时间都要训练一遍，应知者一定要知，应会者一定要会，并进行全面考核，及格者发给应知应会合格证书。

5. 继续抓好岗位责任制。现在，钻井战线的岗位责任制条文已经拟定出来了，要求写在纸上，记在心上，更重要的是落实在行动上。要"严"字当头，贵在坚持，发扬"三老四严"、"四个一样"的好作风，班组要班班检查。各公司每月进行一次总结评比，要和评奖结合起来，奖好罚坏。关于建立岗位责任制，请按局发的通知办，这里就不多说了。

6. 要认真研究打定向井的问题。要破除怕打定向井的恐惧心理。外国不说，国内大港油田、辽河油田，他们成批地打定向井，取得了许多成功的经验。中原油田也成功地打了新濮井，说明定向井是可以打的，会打好的，质量速度是会上去的，关键是我们要下决心，要敢打，学会打。

至于打定向井的好处，过去讲得很多了，

科技攻关

关键是干。希望你们认真加以研究，必要的话，
也可派人到大港、辽河去学习。

……

当李允子用铿锵有力的声音，宣读完宋振明的信后，
会场上立即响起热烈的掌声。这掌声表达了钻井战线的
干部、工人和技术人员，对宋振明关心重视钻井技术进
步的感激之情。

此次会议之后，钻井战线的技术干部和广大职工认
真落实宋振明的指示，学习3277钻井队的活动再次掀起
高潮，"科学钻井年"活动不断向纵深发展。

在宋振明的鼓励和支持下，杜晓瑞、韩元仁、杜成
武、卢明厚等钻井技术领导干部，把打定向井作为技术
攻关的目标，积极向大港等油田学习，同钻井队职工一
起攻关，掌握了打定向井的新技术，全油田打定向井的
钻井队逐年增加，先后打成功数百口定向井、丛式井、
水平井，既提高了钻井速度，提高了油井采收率，又节
约了井场占地。

和宋振明一样，会战指挥部的领导同志都在积极采
取各种措施，来推动中原油田科技攻关活动的顺利进行，
在指挥部领导的共同努力下，中原油田科技会战很快取
得了巨大成绩。

全国大力支援会战

1983 年初，中原油田技术攻关会战开始后，一时间，全国上下都开始了对会战的支持。

为了号召各个油田支援中原油田，在石油部开发司组织下，大庆、四川、大港、江汉等油田的总工程师汇集中原油田，针对中原油田开发中遇到的难题，献计献策，制定对策。

中原油田总地质师车卓吾、总工程师商永和同兄弟油田的总工程师们，在油田进行深入考察，针对复杂断块油田和低渗透油层，制订了相应的开发措施。

在中原油田技术攻关会战如火如荼开展之时，石油部领导对油田生产建设和技术攻关会战十分重视。

1983 年 10 月 31 日至 11 月 2 日，石油部部长王涛到中原油田检查指导工作。

在认真听取了中原油田的汇报后，王涛对中原油田建设提出六项要求：

一是要始终把勘探摆在首位；

二是要加强天然气勘探，做到油气并重；

三是油田开发要着眼于稳产；

四是打好科技攻坚仗，把油田勘探开发技

术提高到 80 年代国际新水平；

五是大胆改革经济体制，把奖金同综合经济效益挂钩，逐步实行项目管理经济责任制；

六是加强思想政治工作，把中原油田建设成高度物质文明和高度精神文明的新型油田。

同时，国务院提出加快中原油田建设的决策，在全国科学界和相关的科研单位，引起巨大的反响。

一时间，中国科学院、兰州地质研究所、贵阳地化所、南京古生物研究所、南京地理研究所、北京地质研究所等科研单位纷纷奔赴中原油田，选题攻关。

宋振明、胡笑云、车卓吾和油田科研单位热情接待来自全国各地的科技精英们。向他们介绍情况，提出问题，签订协议，协同攻关。

很快，中原油田成了全国地化研究、地质研究的一块热土和基地，从基础研究到应用研究，围绕油田勘探开发的科研攻关掀起一个又一个热潮。

曾为东濮凹陷石油勘探建立头功的物探局的石油地质家们，此时，又以新的姿态和满腔热情投入东濮凹陷构造研究。他们和中原油田地质研究院朱家蔚、安舆等 30 多名地质研究人员密切合作，花了一年多时间，到 1984 年年底，使这项研究取得重大突破。

同时，根据国务院及有关单位的批准，中原油田的会战还得到了世界银行贷款。

原来，根据国务院和石油部的决策，从攻关会战一开始，中原油田就决定大规模引进油田需要而国内没有，国外已成功地应用的先进技术。

得到国务院的批准后，中原油田积极和世界银行谈判获得了大额贷款，从而为引进先进的技术和设备提供了资金条件。

接着，中原油田利用世界银行贷款，先后引进了适用于油田复杂钻井的工具，引进了三维地震技术，引进了斯伦贝谢测井技术，引进了深井修井技术和大型压裂设备，引进了泥浆、水质化验分析技术和设备。

后来，为消化吸收先进技术，中原油田又建立了高级技术培训中心，接着，又引进了大型电子计算机，建立了计算机中心。

这些新技术的引进，取得了明显的效果。

1983年春季，洼田引进的三维地震队，在文南油田100平方公里上进行了作业，这对解决复杂断块油田地质勘探发挥了重要作用。

从德国引进的先进钻井技术，解决了穿透盐膏层的技术难题。

从斯伦贝谢测井公司引进的先进测井技术和4套测井设备，解决了可分辨0.67米的薄油层和低渗透层，同时，解决了电测中卡电缆的技术难题。

中原油田在政策上进行不断完善的同时，技术攻关会战，还吸引了国内外的文化艺术界人士。

　　1985 年 4 月 26 日，中国石油摄影协会在中原油田召开第一次理事会议。

　　原石油师政委、石油部常务副部长张文彬担任影协主席，他和石油部副部长李敬到会讲话，向国内摄影界知名人士徐肖冰、蒋齐生、陈复礼、苏复夏等颁发了顾问聘书。

　　与此同时，其他的文艺团体也纷纷来到中原油田，向奋战在一线工作的同志，表示了衷心的慰问。他们的到来，给参与会战的同志以极大的鼓舞。

　　很多平时只顾埋头苦干的技术人员和专家学者，在油田第一次和他们喜爱的歌星、影星见了面。他们高兴地说："看到这么多人支持我们的事业，我们一定好好工作，打好中原油田技术攻关这一仗。"

　　在全国上下对中原油田进行支援的时候，中原油田所在的河南更是不甘落后。

　　会战之初，河南省委、省政府对中原油田生产建设技术攻关会战十分关心。

　　在会战进行之中，河南省委书记杨析综和省委、省政府领导赵地、张志刚、钟力生先后来到中原油田检查指导工作。

　　在视察中，中原油田勘探局局长胡笑云向省委、省政府领导汇报了生产建设情况和油田发展规划，副局长车卓吾汇报了油田勘探形势和技术攻关情况，局党委书记唐光裕汇报了油田党委工作情况。

听完汇报后，杨析综对中原油田生产建设和技术攻关工作所取得的成绩表示十分满意，并给予表扬。

接着，省委、省政府领导，在胡笑云、唐光裕等陪同下，视察了油田，看望了奋战在中原油田一线的广大职工。

在河南省委、省政府的大力支持下，一曲当年流行在延安和抗日根据地的这首秧歌"猪呀，羊呀，送到哪里去？送给咱亲人八路军……"在中原油田会战中再次奏响。

1983年10月上旬，阴雨连绵。

这天早上，文明寨采油大队食堂管理员望着雨幕，愁得吃不下饭。

原来，连日下雨，食堂的蔬菜眼看吃完了，值班车为了保油井生产，出不了远门拉菜，几百口人眼看就没有菜吃了，可怎么办？

正当他焦急不安的时候，忽然，门口传来了热闹的吆喝声。

管理员出门一看，只见油田所在的韩村党支部书记韩章修和几个村民挑着几十只鸡、鹅和其他的一些菜，送到门上来了。

看到管理员出来了，有一个村民牵来了3只山羊对管理员说："乡亲们听说你们吃的有难处，托俺们给你们送些鲜活物。"

后边，紧跟着前夏沟村党支部书记和广峰，赶着毛驴车，拉着整整一车红薯。

接着，又见几位村民推着自行车，车架子上托着野兔子。村民们一进门，就急忙把野兔往下卸。管理员一边帮着卸，一边数，足足有400多只。

管理员惊讶了起来，他睁大了眼睛对村民说："这么多兔子，从哪整的？"

一位村民说："俺乡书记听说油田吃菜困难，就把俺乡上的猎户组织起来，说这阵子正是打野兔的季节，俺们打兔子给油田送来，听说这玩意还是高蛋白、低脂肪的好肉哩。"

管理员把村民送来的野兔、鸡、羊、鹅过秤后，要按市场价付钱，村民怎么说也不要。

一时间在中原油区，受到感染的石油工人们，把那首歌的歌词改为："猪呀，羊呀，送到哪里去，送给咱亲人石油人……"

奋战在中原油田各条战线的人们，听到这件事后，非常感慨。他们纷纷表示一定要认真工作，不让广大乡亲们失望。

1983年8月28日，明一○四井突然发生井喷，原油喷涌而出，很快污染了陈庄400多亩良田。

井场距村庄仅有200米，为防止井喷起火，村支书韩学贤立即组织50人的村民护井队，赶到井场，协助油田维护井场安全。

当时，井场距离村庄近，村民做饭很可能引起火灾，为此，韩学贤向全村宣布，任何人家都不能点火做饭，村民吃饭到附近村庄投亲靠友。

全村人想油田之所想，在发生井喷到制服井喷的两天中，没有一家开火做饭。

井喷的消息传到亭县县委后，县委副书记孔繁森当晚23时赶到井喷现场，同工人、村民一起维护井场安全，参加制服井喷的战斗。

接着，孔繁森赶到油田职工医院，代表县委慰问受伤的职工。

看到地方政府领导这样关心油田建设和油田职工，广大油田职工深受感动，受伤的职工握着孔繁森的手，激动地说："谢谢孔书记，我们要把油田开发好，也要大力支持地方发展经济。"

孔繁森对工人说："油田是我们大家的油田，支援油田建设是我们的责任，让我们大家都来爱护油田吧。"

在全国上下的大力支持下，中原油田技术攻关会战进展非常顺利，会战的胜利指日可待。

科技会战取得重大成果

1986年3月3日，来自石油部和国内许多科研院所、大专院校的领导、专家、教授再次汇集中原，对3年攻关成果进行评审。

评委们一致认为，3年多来，中原油田已经出色地完成了会战的各项任务。

正如评委们所言，在全体专家、技术人员和普通工人共同努力下，经过3年攻关，中原油田取得了巨大成就。

3年里，中原油田和国内34个科研单位、大型企业协作科技攻关，同石油大学、清华大学、西安交通大学、西南石油学院等一批大专院校建立了协作关系。

在此期间，中原油田共取得较重大的科技成果117项，其中获国家科技进步奖6项，国家发明奖一项。

3年科技攻关的成果和意义，远远超出了中原油田本身，它使我国石油勘探开发技术获得了新的发展：

在中国科学院地学部和石油勘探开发研究院的配合下，地质综合研究技术在基础理论研究上取得了一批较高水平的成果。

《东濮凹陷煤成气形成条件及远景评价》这项国家重点科研课题通过国家验收。这项研究成果完善了煤成气的判别标准，比较准确、有效地鉴别了中原油田内 3 种不同成因的天然气，为我国华北地区煤成气的勘探做了具有开拓性的工作，为研究天然气的形成分布规律创造了条件。

地震勘探技术方面。具有世界先进水平的三维地震技术在中原油田大面积使用，这使勘探精度和效率得到提高，从而加深了对地下断层的认识，对局部断块形态和圈闭条件的认识也更加清楚，因而使布井成功率大大提高。

钻井技术方面。列为国家重点科研课题的《优选参数及平衡压力、井控技术》研究全面完成，并通过国家技术鉴定，其中两项指标达到国外 20 世纪 80 年代同类研究项目水平。

这一研究成果，在深井钻井工程设计上发挥了很大效益，促进了钻井技术水平的提高。钻井队平均进尺由 1982 年的 9 077 米提高到 1985 年的 13 502 米，井身合格率、固井合格率、取芯收获率都有较大幅度的提高。

同时，定向井、丛式井新技术也有很大发展，到 1985 年共打定向井 35 口，进尺 9 万多米。

泥浆技术方面。在攻关会战中大面积推广使用三磺聚合物泥浆体系，获得显著效果。

濮深七井采用新型油包水泥浆，从井深 3 000 米钻至 5 200 米目的层，经受了高温、高压、大段软泥岩及盐膏层等井下复杂情况的考验，从而保证了钻井安全。

泥浆公司成功研制的新型润滑剂，顺利穿过两套盐层，热稳定性好，有明显的防卡钻效果，可适用于各类钻井泥浆。

测井技术方面。通过引进国外先进测井技术，提高了油田深井、高压、高温和复杂井的测井水平。

同时，在测井数据采集处理方面也取得重要成果。油田测井公司与外单位合作，对国产测井仪模拟记录进行改造获得成功。

改造后的这种新型测井仪可根据需要，随时捕捉并放大观察井下异常变化，所测资料准确率高，解决了长期以来油井测井中的一大难关。

试油技术方面。通过推广使用过油管射孔工艺，从而使射孔试油技术提高到新的水平。

用这种新工艺，缩短了试油周期，可防止油层污染，经济效益明显，3年来，使用这种技术，共射孔444口井，节约资金800多万元。

油田开发技术方面。水力活塞泵采油工艺大面积推广应用，在文明寨油矿建起我国最大的动力液集中处理站，日处理动力液两万吨。

为提高抽油机工作效率，中原油田同石油大学、西安交通大学合作，分别研制出两种型号的抽油机计算机诊断系统，使油井诊断符合率达到90%以上。

在压裂技术上，为改造油层，提高单井产量，中原油田采用了水力砂压裂新工艺，仅1984年至1985年共压裂 115 口井，有效率达到 88%。

同时，石油中的污水水质也获得突破性进展。污水经过处理，全部回注到地下，既补充了地下油层压力，又防止了污水对地面环境的污染。

建筑工程方面。中原油田的建筑工程业开创初期的1980年，只有一个30多人的设计室和一支1500多人的建筑施工队伍，建筑施工设备不足200台，并且都很简陋，只能承担油田小型、少量的建筑施工项目，绝大部分油田地面建设工程靠外部施工队来完成。

随着油田的发展，建筑工程业现已成为油田的支柱产业之一。拥有勘察设计和建筑施工队5万余人，其中建筑设计、施工骨干队伍6000余人。有引进和国产建筑施工技术装备3000余台。

中原油田建筑工程系统，有三大骨干企业，即勘察设计研究院、建筑安装总公司、建筑集团总公司。

近年来，在中原油田地面工程建设任务锐减的形势下，他们走向国内外建筑市场，求生存求发展，技术实力得到了展示和验证。

油田地面建设技术方面。经过3年攻关会战，原油集输形成了一套"单管密闭、化学球清蜡、泡沫塑料保温、两级布站"的油气集输新工艺，从而顺利解决了从油田计量站到输油泵站，集油干线油气常温输送的技术难关。

3年来，油田累计实现油气常温输送油井1047口，集输管线 600 多公里，每输一吨油耗气量由 25 标方降至 8 标方。

中原油田利用原油稳定技术，建成了 6 套原油稳定装置，使油田生产的原油可全部进行稳定处理。仅此一项，1985 年就回收液化气 0.5 万多吨，轻质油 2.5 万多吨，创造利润 792 万元，从而大大提高了油田开发经济效益。

至此，中原油田生产建设技术攻关会战，达到了预定的目标，取得全面胜利。

科技攻关会战的胜利，成功解决了中原油田开发中的技术难题，为中原油田此后的持续发展奠定了坚实的基础。

本书主要参考资料

《共和国经济风云》赵士刚主编 经济管理出版社

《风云七十年》郭德宏主编 解放军文艺出版社

《中原油田二十年》中原油田勘探局著 石油工业出
版社

《王进喜——中外名人故事丛书》刘深著 中国和平
出版社

《中国石油地质志》翟光明主编 石油工业出版社

《油海群鸥》华北石油管理局党委宣传部等编 内部
资料

《石油摇篮》本书编委会编 甘肃人民出版社

《老兵的脚步》张文彬主编 石油工业出版社

《石油师人——在中原油田纪实》中原油田编写组编
石油工业出版社